Ce livre a été imprimé en France par CPI (177883)
N° ISBN : 978-28-1771-097-6

LA DISPARUE
DU VILLAGE
DE L'HERBE

Du même auteur

***

Les enquêtes du commissaire
Vincent Laffargue :

1. Os troubles sur le bassin

2. Les bassins à flot et à sang

3. Panique au Grand Hôtel

4. Le fugitif de l'Île aux Oiseaux

5. Pinasse des Caraïbes

6. Le dragon noir de Bordeaux

7. Trafic de sang dans la dune

François Ferbos

LA DISPARUE DU VILLAGE DE L'HERBE

Roman

SO noir

1

Spirit of bassin

Ce mardi après-midi de la fin juin, les estivants n'ayant pas encore débarqué, la circulation automobile est étonnamment fluide sur la départementale 106 menant de Bordeaux au Cap Ferret. Le mardi, c'est le meilleur jour de la semaine sur le bassin d'Arcachon, mais personne ne le sait, c'est presque un secret. Ne parlons pas du week-end et de sa frénésie bordelaise qui telle une marée d'équinoxe submerge le réseau routier de voitures le matin et reflue brutalement le soir vers la capitale girondine dans un concert de klaxons et de coups d'accélérateur rageurs.

Méfions-nous du lundi, jour chômé en Médoc et pour bien des commerçants bordelais qui déferlent sur la route des plages. Évitons le mercredi, jour des enfants, des classes de mer et des châteaux de sable. Sur le Bassin, on fait tout en fonction des horaires et du calendrier. Le Bordelais jongle avec Bison futé, l'annuaire des marées, les RTT et les matchs de rugby. De plus, il est inutile d'arriver sans encombre à Andernos, Audenge ou Biganos si la mer n'est pas là, si elle s'est retirée discrètement comme un ecclésiastique après une saillie subreptice dans la pénombre d'un presbytère rural, ou si elle est totalement hors la vue ; ou encore si c'est pour voir gésir tristement dans la vase de Claouey, affalé tel un cétacé agonisant, votre canote préféré qui vous a coûté si cher. Instruit par l'expérience, convaincu qu'on ne vous y prendrait plus, vous calculez soigneusement votre temps de trajet Bordeaux/le Bassin pour arriver exactement à l'étale de marée haute. Vous tentez d'expliquer fièrement à madame qui cherche depuis une demi-heure son haut de maillot de bain noir et ne vous écoute que d'une oreille distraite votre savant calcul qui devrait permettre d'arriver au meilleur moment « sur le Bassin ». Une collision entre un camion polonais et un poids lourd portugais sur l'autoroute plus tard, vous sentez en vous la marée baisser et la colère monter inexorablement. Les deux camions viennent à peine de se télescoper, juste devant vous. « Si elle avait retrouvé son haut de maillot cinq minutes plus tôt… » Vous serrez les dents en écoutant sur Nostalgie une vieille chanson, « Laisse la gondole à Denise ». « Elle, au moins, elle va pouvoir naviguer… »

« Je suis contente d'avoir retrouvé mon haut de maillot. Je viens de recevoir un sms de maman. Ils sont arrivés depuis deux heures, ils nous attendent. Elle me demande ce qu'on fiche. »

C'est décidé, on ne vous y prendra plus ! Le mardi suivant, l'expédition préparée de façon militaire est validée. Horaires des marées vérifiés, application informatique de suivi du trafic routier en temps réel et en continu, okay. Plein de la voiture, pression des pneus… Chapeau de paille, haut de maillot noir, c'est parti ! Homme libre toujours tu chériras…

Sauf que d'après Cadichon (le fils de Nénette Dupouy, pas le bègue, mais celui qui tient le bar du Port), ça fait vingt ans qu'il n'a pas plu comme ça sur le Bassin. C'est à se demander si les loubines ne vont pas se noyer. Même que c'est pas des cèpes qui poussent mais des nénuphars, qu'il a dit Cadichon, c'est pour dire !

« Boudiou ! On se croirait au Pakistan un jour de mousson. T'as la route qui déborde sur le trottoir. On voit même plus le lampadaire de l'autre côté. Et avec ça, y a un putain de vent, tu peux mettre les cocus à l'abri, punaise ! Et les couillons de l'office du tourisme, ils racontent aux Parisiens qu'on a un microclimat ici, tu parles d'un microclimat, il tombe des grenouilles. Je vous sers quoi messieurs-dames, un café bien chaud ? Avec des canelés ou une chocolatine ?

Fabuleux Bassin… parfois je te déteste. Mais lorsque je décide de te tourner le dos, je ne pense plus qu'à toi, jusqu'au soir où à la sortie du travail, je saute dans ma voiture pour un rapide aller-retour, juste pour te voir, te regarder, m'assurer que tu es toujours là, que tu n'as pas changé. Tu ne me fais aucune remarque, tu ne m'en veux pas d'avoir essayé de t'oublier. Et puis y a « eux ». Ceux qui, de fin juin à septembre, laissent maman et les enfants dans la maison de famille du côté de Piraillan et cinq jours par semaine, au petit matin, prennent le courant inverse. Ils remontent la marée pour maintenir à Bordeaux l'apparence d'une activité professionnelle, plongeant la ville dans une semi-torpeur hypocrite. On renvoie les affaires les plus importantes à l'automne prochain comme un trois-quart aile trouve une touche en profondeur. Ceux-là, on les reconnaît partout à une sorte d'indolence mal dissimulée. À Bordeaux, ils sont scandaleusement bronzés. Sur la route, ils font exulter les radars de vitesse et remplissent les caisses de l'État d'amendes carabinées et répétitives. Sur le Bassin, le soir venu, vêtus d'une chemise Arrow à pans finement rayée de bleu et de blanc, ouverte jusqu'au nombril, ils marchent, tels des échassiers, de l'eau jusqu'aux chevilles, un téléphone mobile collé à l'oreille tout en surveillant d'un œil distrait le petit dernier qui mange un peu de sable agrémenté d'un soupçon de varech ou de goémon. On leur tend un verre de rosé frais... « C'est bientôt prêt ! »

Dans quelques jours à peine, du lieu-dit Jane de Boy sis à l'entrée de la presqu'île jusqu'au quartier de Bélisaire du Cap Ferret, ce sera un embouteillage, un seul interminable défilé, une thrombose chronique de seize kilomètres, une congestion routière cathartique. Et selon l'hypocrisie ou le cynisme de l'application électronique GPS interrogée avec anxiété, celle-ci promettra une arrivée désaltérante dans vingt petites minutes ou un chemin de croix, un calvaire de plus de quatre heures passées à jongler avec les pédales de la pauvre voiture se transformant petit à petit en étuve. C'est l'occasion habituelle de vitupérer contre le tourisme de masse, de rappeler qu'à la fin des années 70, on était seul sur cette route, que le Ferret était une espèce de Far West secret réservé aux quelques Bordelais qui méprisaient le parisianisme guindé d'Arcachon la snobinarde…

Aujourd'hui, c'est calme, et du village de Claouey au rond-point de l'Herbe, on peut égrener facilement l'interminable chapelet des petits bourgs et lieux-dits, admirer les villas massives et cossues alternant avec les frêles et humbles cabanes ostréicoles de bois aux couleurs vives, blotties les unes contre les autres comme pour se tenir chaud l'hiver lorsque le noroît mordant vient s'époumoner sur le fond du Bassin. Étrange contraste que ces luxueuses maisons avec les petites cabanes implantées à la diable, construites de bric et de broc, séparées par un labyrinthe de venelles remblayées de coquilles d'huîtres concassées. Les unes ont toujours toléré les autres dans une sorte d'indifférence respectueuse.

Claouey, Le Four, Les Jacquets, Petit Piquey, Grand Piquey, Piraillan, Le Canon, l'Herbe, La Vigne, Bélisaire, Mimbeau, le phare, Chez Hortense… autant de hameaux, de localités qu'on énumère comme on le ferait des stations d'un métro balnéaire, mais bientôt la Pointe ; la Pointe, ce bout du monde têtu que toise sans ciller la plus haute dune d'Europe, ce terminus contre lequel l'océan rageur vient passer ses colères hivernales, sûr de lui, sûr qu'un jour ou l'autre il viendra à bout de cet isthme et le fera disparaître. À la Pointe, un homme, seul, contre vents et marées, tient tête depuis des années à l'océan en réparant les digues, en renforçant à grands frais les défenses. La houle insiste, la Pointe résiste, l'homme suscite autant la perplexité que l'admiration.

2

Délit de fuite

Vincent Laffargue et Andreï Tovaritch, de retour d'une mission spéciale particulièrement discrète et délicate, parcourent prudemment à vitesse raisonnable la D 106 et se dirigent tranquillement vers leur maison du domaine des 44 hectares du Cap Ferret, zone sauvage sans aucune infrastructure, égarée entre une nature ébouriffée et le placide Bassin. Ils roulent d'autant plus prudemment que l'arrière de la Porsche Cayenne que conduit Tovaritch est enfoncé par une charge excessive. Il convient d'éviter à tout prix un accident en raison de la valeur du chargement auquel les amis portent un attachement particulier. Ils reviennent du Médoc et plus particulièrement du village de Saint-Estèphe où ils ont réussi à remplir jusqu'au toit leur voiture de bouteilles de château Haut Marbuzet 2019, sous le regard inquiet du maître de chai.

La capacité de la voiture ayant ses limites, Tovaritch en a conclu que l'année prochaine, il allait falloir venir à deux voitures ou avec une remorque. Puis il a tenté de rassurer l'employé en lui faisant croire qu'ils étaient propriétaires de plusieurs restaurants de prestige dans la région.

Par les vitres ouvertes de la voiture, les riverains surpris et vaguement inquiets peuvent les entendre chanter à tue-tête « O Fortuna » issu de Carmina Burana de Carl Orff.

O Fortuna
Velut luna
Statu variabilis
Semper crescis[1]...

Il faut préciser que Mélissa, membre de leur tribu, Ferret-Capienne d'adoption et maîtresse attitrée de Vincent, professeur de musique et de chant à ses heures, sait mener son monde à la baguette. Elle a réussi en quelques mois à faire des sept amis de la Pointe une vraie chorale, mais aussi des passionnés de chant au répertoire éclectique. Elle a attribué au colossal Tovaritch la tessiture de basse profonde et à Vincent Laffargue, celle de baryton basse.

— Toto, on reprend. Mais pas si vite, attends-moi. On prend pas le train !

Et les barrissements reprennent de plus belle.

À part transporter des quantités importantes de vin, que peuvent faire ensemble le commissaire principal Vincent Laffargue du SRPJ[2] de Bordeaux, et Andreï

1. Ô, fortune, comme la lune, vous êtes changeante, et toujours vous grandissez...
2. Service régional de police judiciaire.

Tovaritch, riche oligarque russe qui a fui la Russie et Poutine depuis plusieurs années pour s'installer au Cap Ferret ? Ils se sont connus il y a bien longtemps, à l'occasion de l'assassinat d'un employé de Tovaritch, et depuis lors n'ont cessé de s'entraider, volant régulièrement à la rescousse l'un de l'autre, et agrégeant autour d'eux des cabossés, des naufragés de la vie, des passionnés de bonheur et des fous d'espoir.

— Toto, j'ai quelque chose à te dire, tenta Vincent d'un ton grave.

Le Russe lâcha un grognement méfiant supposé l'engager à poursuivre.

— Voilà. Cette année, je ne vais pas passer tout l'été avec vous.

Tovaritch détourna brutalement le regard de la route et toisa Vincent, mi-interrogatif, mi-inquiet.

— Un problème ? T'es malade, tu t'es embrouillé avec quelqu'un ?

— Mais non, Toto, t'inquiète pas. J'ai simplement décidé que cette année, Mélissa et moi nous partons quinze jours avec *Méa*[1]. C'est pour ça que je l'ai mis au port de La Vigne. Pour Mélissa, c'est plus pratique et confortable qu'un mouillage forain sur bouée.

Tovaritch semblait ne pas comprendre.

— Mais qu'est-ce que vous allez faire ?

— Première étape : La Rochelle, puis Bourgenay, l'île d'Yeu, Concarneau, Hoedic, Houat et on redescend tranquillement par vent de nord-ouest.

---

1. *Méa* est le nom de baptême du voilier de Vincent, baptisé ainsi parce que *Méa* coule pas.

— C'est vrai que c'est beau… Faire le tour de l'île d'Hoedic à la tombée du jour, dans le parfum des immortelles et la clameur lointaine de la bombarde et du biniou s'échappant de l'unique bistrot de l'île… C'est une chouette découverte que tu nous as fait faire il y a deux ans avec *Anastasia*[1].

— Et cette année je veux y aller à la voile avec Mélissa.

— Vous allez donc nous laisser, vraiment ?

— Quinze jours seulement, vous devriez réussir à survivre. Vous pourrez vous balader sur *Anastasia* avec Gégé et Dédé.

— Mouais… Comment tu dis déjà ? Un seul être vous manque…

— … Et tout est dépeuplé.

À l'approche du rond-point de l'Herbe, du nom du village auquel il mène, Tovaritch ralentit pendant que Vincent tripote les touches de l'autoradio. En face d'eux surgit à vive allure une Toyota rouge conduite par un homme et occupée par deux autres personnes, une femme à la place du passager avant et un individu peu visible à l'arrière Au moment précis du croisement de la Toyota et de la Porsche Cayenne la passagère se précipite sur le volant qu'elle tourne vivement en direction de la gauche. Le conducteur ne réagit pas assez vite et la Toyota heurte violemment le côté gauche de la Porsche. Tovaritch freine énergiquement et arrête le véhicule en pleine voie. Hébété, il ne comprend pas ce

1. Nom de baptême de l'automoteur de Tovaritch, 16 mètres construit par le chantier Dubourdieu à Gujan-Mestras.

qu'il vient de se passer. Pas plus que Vincent qui ne regardait pas la route au moment du choc, affairé à trouver la station Nostalgie. La Toyota rouge poursuit sa route et semble même accélérer pour s'enfuir.

Une minute s'écoule et Tovaritch, immobile derrière son volant, les yeux hagards, ne réalise toujours pas.

— Prends-la en chasse, bordel ! s'exclame Vincent, plus habitué par sa profession aux situations improbables.

La Porsche s'ébranle dans un bruit épouvantable accompagné de tressautements et de vibrations suspects.

— Merde ! Le train avant est touché, et manifestement le pneu avant gauche a éclaté…

Sans se concerter, les deux amis décident de descendre de voiture pour faire l'état des lieux. La portière du conducteur, singulièrement enfoncée, rechigne à s'ouvrir mais ne résiste pas longtemps aux assauts conjugués des deux hommes.

L'examen de la voiture ne laisse que peu d'espoir. Du projecteur avant gauche jusqu'à la trappe à carburant, rien n'est intact. L'aile avant, le rétroviseur, les deux portières, tout est enfoncé, et le pneumatique avant gauche est effectivement éclaté. Elle est hors d'usage. Tovaritch restant immobile et muet de surprise, le commissaire prend l'initiative.

— Foutu pour foutu, on va quand même la déplacer, la mettre sur le bas-côté pour libérer la voie de circulation et éviter un sur-accident. Commence par mettre le warning.

— Tu me parles comme si t'étais chef.

— Heureusement, tu t'es vu? T'as la tronche du rejeton d'une relation incestueuse entre une huître et une cagouille. Remue-toi un peu si tu veux pas qu'on nous rentre dedans, qu'un 38 tonnes nous pulvérise façon mollard.

Puis, avisant une longue et haute pièce de plastique noir sur la chaussée :

— C'est pas à nous, ça. C'est quoi ce bazar ?

— C'est quoi, quoi ? Ça se voit pas, monsieur le commissaire en chef? C'est le bouclier avant de la bagnole qui nous est rentré dedans.

Vincent s'approcha de la pièce et se mit à rire.

— Alors eux, ils sont pas chounards. Regarde, sur le bouclier y a la plaque d'immatriculation de la voiture. Ils rentrent dans une bagnole occupée par un brillant commissaire de police, prennent lâchement la fuite, mais laissent leur plaque d'immatriculation sur place. Je vais me faire un plaisir de m'occuper de ces enfoirés, t'inquiète pas Toto. Ça, c'est pas le genre de truc à faire au petit père Laffargue quand il est en vacances avec ses potes au Cap Ferret. Tu vas voir ce que tu vas voir. Les mecs, ils n'ont pas fini de regretter ce qu'ils ont fait. Les châtiments anciens, le supplice de la roue, la lapidation, c'est rien à côté de ce que je vais faire endurer à ces chiens galeux. Pour échapper à ma vengeance, ils vont demander à être euthanasiés, les fourbes. Je vais leur arracher les yeux avec une fourchette à escargot rouillée préalablement trempée dans du piment d'Espelette.

— Doucement, doucement, Vincent, on se calme. Ma bagnole est assurée et j'en ai rien à cirer. On va pas se rendre malades et se foutre les vacances en l'air pour ça. Heureusement qu'ils n'ont pété aucune bouteille. Imagine-toi qu'à un poil près, ça finissait en bain de pieds au Haut Marbuzet.

— Alors là, je crois que j'aurais pris la colère, que j'aurais ressorti la machine à foutre des baffes.

— Sors la voiture de là, tu causeras plus tard. Faut qu'on trouve un taxi ou un bahut pour transborder le pinard. On peut pas le laisser dans la voiture. Suppose qu'on nous pille le Marbuzet ! Malheur ! La bagnole, elle est assurée, mais pas le chargement. Et si tu déclares à l'assurance qu'on t'a tiré trois cents quilles de Marbuzet dans ton carrosse, à mon avis, ils vont pas te croire et tu pourras toujours te brosser pour te faire indemniser.

— Parle pas de malheur…

3

Ne nous fâchons pas

Une heure plus tard, les amis avaient retrouvé le sourire. Aidés par le chauffeur appelé sur les lieux, ils faisaient la chaîne entre la Porsche et le VTC, se passant de main en main les cartons de vin qui alourdissaient de plus en plus le taxi. Puis le dépanneur arrivé sur place fit escalader le plan incliné de son camion-plateau à la pauvre Porsche, arrachant à son train avant des plaintes déchirantes, et tout le monde quitta les lieux qui retrouvèrent leur sérénité.

— Vincent, tu crois pas qu'on aurait dû appeler les gendarmes ?

— Malheureux ! Aurais-tu oublié la médiocrité de nos relations avec les représentants locaux de la maréchaussée ? Pour un peu, ils nous auraient mis un PV pour dépassement du poids total en charge autorisé, nous auraient saisi le pinard et plus si affinités. De plus, les gendarmes ne s'occupent pas des accidents matériels de la circulation.

— Mais des délits de fuite, si, monsieur le commissaire en chef.

— Ça, je m'en occupe, répondit Vincent avec un sourire inquiétant.

— Eh bien justement ! Je crois qu'il vaut mieux que tu t'en occupes pas. Cette année, nos vacances se présentent bien. La météo est bonne, on vient de faire le plein de kérosène, tout le monde est en forme, ne va pas nous chercher des ennuis, confions cette histoire aux gendarmes.

Vincent sembla se vexer.

— Qu'est-ce que tu insinues, que dois-je comprendre, qu'est-ce que tu entends par là ?

Andreï Tovaritch, embarrassé, se gratta la gorge avant de répondre à regret, l'air attristé.

— Tu le sais bien, Vincent, tu attires toutes les misères du monde. Tu n'y es pour rien, tu ne le fais pas exprès, c'est comme ça, mais ça fait sept ou huit ans que chaque été, on a une salade, une mauvaise histoire, un gros problème, et qu'on se retrouve dans une mouise noire dont on a toutes les peines du monde à se sortir.

Le visage de Vincent acheva de se fermer et l'effort qu'il faisait pour retenir sa colère devint visible.

— Vas-y, Toto, vas-y ! Livre le fond de ta pensée. Dis-le, dis que tous vos emmerdements ont toujours été causés par moi, dis que si je n'existais pas, vos vies seraient calmes et sereines, d'une harmonie inégalable, dis-le ouvertement que je suis un faiseur d'histoires, un sac à merdes, un putain de chat noir. Arrivé à la maison, je prends ma voiture et je m'en vais, je me casse, vous ne me verrez plus. Vous pourrez enfin vous vautrer dans la douceur et la béatitude. Vous allez pouvoir vous mettre au yoga, vous payer un gourou à poils longs et transformer ta turne de nouveau riche en ashram.

— Mais non, mais non, Vincent. Ne te fâche pas. C'est tout ce que je craignais. C'est pas de ta faute, c'est comme ça. T'attires les emmerdes, t'y peux rien. On t'aime, on t'adore, quand t'es pas là on s'ennuie, mais avoue tout de même que c'est curieux cet attrait pour les ennuis. Depuis qu'on se connaît on a été combien de fois en garde à vue? Combien de fois a-t-on été obligés d'artiller ou de distribuer des beignes à des malfaisants et même à des innocents? T'en connais toi d'autres mecs qui retrouvent le cadavre d'un collaborateur dans le bassin d'Arcachon, qui échangent des coups de flingue avec des gugusses des services secrets russes, qui se font serrer par les pandores alors qu'ils transportent de la coke? Et j'en oublie… y a que nous, Vincent… que nous. Comme si on avait fait quelque chose au seigneur, on est les damnés de la terre. Ce qui est vrai, c'est que tu nous sors toujours brillamment d'affaires dans lesquelles tu aurais pu éviter de nous fourrer, pas vrai?

— Je te parle plus.

Le chauffeur du VTC, qui écoutait attentivement tout en conduisant, essaya péniblement de dissimuler son inquiétude. Tovaritch fit mine d'être vexé à son tour.

— Tu fais ce que tu veux, Vincent. Moi, je te dis ça comme ça, mais pour notre paix et notre sérénité, je dis plus rien. Je me tais.

— Pas de problème. À partir de l'immatriculation, je vais vite identifier le propriétaire de cette voiture. Ensuite, soit il est assuré et il fait tranquillement une déclaration à son assurance, soit il n'est pas assuré et il paye directement les dégâts de ta bagnole. Sinon je dépose plainte contre lui pour délit de fuite, un point c'est tout. Je vais pas m'abaisser à me chamailler avec un gars pour une histoire d'accident matériel de la circulation. C'est pas mon genre. Je suis un être sage, raisonnable et réfléchi

— N'exagérons rien, mais c'est bien, c'est très bien, tu me rassures.

Le taxi avançait prudemment dans l'une des allées de sable bordée de pins, d'arbousiers et de mimosas du domaine des 44 hectares.

— Cinquante mètres à gauche, la grande maison en bois, vous vous garez derrière la vieille Renault 4L… précisa Tovaritch.

Dans ce quartier sauvage et silencieux où les rares voitures circulant à basse vitesse ne font que peu de bruit, l'arrivée du fourgon attira immédiatement l'attention des occupants de la villa qui sortirent à la queue leu leu. Ils étaient tous là, en rang d'oignons, muets mais le regard inquiet, à se demander pourquoi Vincent et Andreï arrivaient en taxi. Il y avait là Sophie, la compagne de Tovaritch, mais aussi Tatiana, transfuge des services secrets russes et son compagnon Gérard, alias Gégé. Sans oublier André Dubosc dit Dédé, vieux Testerin, retraité de la SNCF, éternel gaffeur et bien sûr, Mélissa, cette jeune femme que Vincent avait arrachée à la pègre bordelaise pour la protéger, la cacher ici et la faire sienne. La passion que ces deux êtres se vouaient était violente. À l'exception de Dédé qui vivait avec sa femme Simone dans une vieille maison d'une petite rue oubliée de La Teste et de Vincent que la profession retenait le plus souvent à Bordeaux, ils demeuraient tous là. C'était une vaste maison de bois noyée dans la végétation et construite par Tovaritch face au bassin d'Arcachon. En « première ligne » comme disent les agents immobiliers, sur un ton étrangement solennel, pour signifier que la maison donne directement sur le Bassin. Le Russe et sa compagne Sophie s'étaient inventé une famille, et aucun des occupants n'aurait imaginé s'éloigner de là quelques jours, voire quelques heures. Ils y avaient trouvé la paix et étaient convaincus qu'ici, en pleine nature, éloignés de tout, rien de funeste ne pouvait leur arriver.

Parlant tous en même temps, ils se mirent à poser une avalanche de questions et à commenter l'aventure de Toto et Vincent avant d'aider à décharger la cargaison du fourgon en faisant la chaîne, tout en continuant à caqueter.

Ce n'est que lorsqu'ils furent enfin réunis au salon autour d'une première bouteille de Louis Roederer millésimé qu'ils se calmèrent et que Sophie put enfin demander simplement :

— Qu'est-ce que vous avez bien pu trafiquer pour emboutir la voiture de Toto, tout en réussissant à sauver le pinard et à rentrer avec à la maison ? Qui c'est qui conduisait ? Et vous avez mangé où à midi, avec qui ? Vous avez fait un menu liquide ? Même pas d'olives ou de biscuits d'apéritif ?

Les deux aventuriers de la Porsche estropiée se regardèrent longuement.

— On leur répond ou on leur dit d'aller se faire voir ? demanda Tovaritch au commissaire.

Vincent, que l'incident commençait à lasser, coupa court.

— On s'est fait rentrer dedans vers l'Herbe par un mec qui regardait pas la route, un point c'est tout. Et comme il ne devait pas être à jeun, il s'est arraché. Si ça se trouve, demain, quand il aura dégazé, il va essayer de nous contacter pour arranger le coup. Sinon, j'identifie sa voiture et je m'occupe de son cas. Parlons d'autre chose si vous le voulez bien…

4

Un sauvetage selon Dédé

Dédé semblait vouloir raconter sa journée.

— Ben, Gégé et moi, nous sommes sortis avec *Marie-Thérèse*[1]. Son nouveau moteur est une merveille. On l'entend pas, ça vibre pas et on remonte le courant, faut voir comment.

— Vous avez fait quelque chose ?

— Six grisets[2], huit coustuts[3] dans le chenal devant Chez Hortense, un coup de soleil sur le pif pour Gégé et un autre sur le cigare pour moi, j'avais oublié ma casquette.

— Ça s'est bien passé ?

— Ouais, sauf qu'on a dû interrompre la partie de pêche pour aller sauveter[4] des Bordelais.

— Qu'est-ce que c'est encore que cette salade ?

— Un fringant navigateur qui a oublié de fermer ses nables de coque[5]. Il a quitté le port sans s'en rendre

---

1. Nom de baptême de la pinasse de Dédé.
2. Petites dorades grises.
3. Chinchards.
4. Se porter au secours en vocabulaire marin.
5. Nable ou passe-coque : orifice muni d'un bouchon à vis permettant de vider le bateau lorsqu'il est au sec mais que les blaireaux de haute montagne oublient régulièrement de refermer lors de la mise à l'eau.

compte, parce qu'au planning les nables sont hors de l'eau, mais quand tu ralentis, le bateau se remplit et il coule.

— Et alors ?

— Et alors, il a appelé les secours par téléphone, et le Cross Corsen[1] a fait un appel radio sur le canal 16 pour qu'on lui porte secours.

— Et puis ?

— Et puis… devine. On s'est pointés, on a mis *Marie-Thérèse* à couple du pitalugue du gonze. On a commencé par transborder les deux femmes sur la pinasse et après on a fermé les nables du bateau du couillon et on l'a vidé avec un seau et ma pompe à bras. Un point c'est tout. Après j'ai expliqué au sémillant capitaine le principe immuable de la navigation selon lequel il faut faire en sorte qu'il y ait toujours le plus d'eau possible autour et en dessous du bateau et le moins possible à l'intérieur, sinon on est emmerdé. Apparemment, il ne le savait pas.

Gégé mourait d'envie de donner sa version de l'incident.

— T'aurais vu ces gonzesses qu'on a récupérées ! Double airbag en série, topless avec les nibards qui te montrent du doigt, l'aréole frémissante de désir, le string réduit à un tatouage quasiment invisible ; tellement tartinées de crème solaire qu'il y avait pas moyen de les saisir pour les transborder sur *Marie-Thérèse*, de véritables anguilles. Obligés de les attraper à bras-

1. Centre régional opérationnel de surveillance et de sauvetage situé à la pointe de Corsen dans le Finistère.

le-corps et de les serrer tout contre nous pour éviter qu'elles finissent à la baille. Ça m'a mis comme des fourmillements dans le bas du dos. Le Dédé, il s'est pris deux nichons à la Nivea dans les yeux, il n'y voyait plus rien, il croyait que c'était la nuit et que quelqu'un avait éteint la lumière, il était cramoisi, il bégayait, j'ai cru qu'il allait nous péter une durite.

Tatiana protesta.

— Rooh ! Vous n'avez pas honte de vous comporter comme ça avec deux femmes en détresse ?

— En détresse, en détresse ? C'est Dédé qui était en détresse, pas les filles. Un peu plus et il se mettait à hurler à la mort dans le cockpit tellement il était mal. Je crois qu'il était taraudé par des crampes. Les filles sont tombées sous le charme de Dédé, son mètre cinquante-neuf, sa corpulence de phtisique, son crâne dégarni, ses dents jaunies par la nicotine, ses ongles endeuillés, ses poils du nez façon balai à chiottes ou défense de morse, ses sourcils broussailleux, son parfum entêtant mais si délicat d'after-shave de supermarché.

Dédé ricana.

— Au début, on voulait juste récupérer les filles, se barrer avec et laisser couler le mec avec son canote. Ensuite on leur aurait proposé la botte et en cas de refus on les aurait foutues à l'eau. Mais finalement on s'est ravisés.

— Vous êtes immondes.

Dédé prit l'air accablé.

— Je sais, je sais. On est immondes mais on n'y peut rien, on est comme ça. On devrait avoir honte mais on n'y arrive pas. C'est pas faute d'essayer, pourtant. Gégé, t'as gardé l'adresse de la blonde ? Elle avait l'air d'en vouloir celle-là. Elle te dévorait des yeux. Où c'est que t'as mis son numéro de téléphone à cette dévoreuse de prépuce ?

Le beau visage de Tatiana se ferma brutalement et ses yeux clairs se mirent à lancer des éclairs d'acier à Gégé. Elle lui enjoignit avec une autorité glaçante :

— Viens ici, approche, vide tes poches, c'est qui cette pétasse, son nom, elle habite où ? Passe-moi ton téléphone…

Ses années passées dans les services secrets russes et leurs méthodes semblaient remonter soudainement à la mémoire de Tatiana.

Dédé éclata de rire en se tortillant convulsivement pendant que Gégé essayait de repousser l'offensive de Tatiana en se défendant comme il pouvait.

— Tu vois pas qu'il raconte des conneries, le vieux schnock ? C'est pas vrai…

— Peut-être, mais comme vous êtes capables de tout, je préfère me méfier. Vide tes poches. Et encore, vous n'étiez que tous les deux, mais quand vous êtes tous les quatre, vous êtes épouvantables, terrifiants.

Dédé, content de lui, se tapait sur les cuisses en pleurant de rire.

— Gégé, au goulag, allez ouste, zou ! Le Gégé, il va aller casser des cailloux en Sibérie orientale.

Vincent siffla la fin de la récréation.

— On passe à table ! Dédé a les dents du fond et la luette qui barbotent dans le champagne. Regardez, il a des yeux de poisson mort et il a chaussé les pompes à bascule. Faut qu'il éponge un peu, qu'il se cale les chicots sinon il va finir sur le toit, les pattes en l'air, gazé comme un renard pris au terrier un soir d'hiver triste et humide au fin fond de la forêt solognote.

Dédé rétorqua, piqué au vif.

— Tu t'es vu, toi ? T'es violacé tendance pivoine. T'es plus congestionné qu'un séminariste devant un catalogue des productions artistiques de Marc Dorcel, un western suédois des années 70 ou un album de photos de Brigitte Lahaie.

— Je suis pas méfiant de nature, mais je crois qu'il serait prudent et opportun de vérifier qu'on ne se soit pas fait gruger sur la qualité du Haut Marbuzet 2019. Dédé, ouvres-en deux ou trois quilles, histoire de voir. Faudrait pas que…

— Tout de suite, à tes ordres.

Au dessert, Mélissa quitta discrètement la table pour s'installer au piano. Adressant un regard souriant et mélancolique à Vincent, elle joua plusieurs morceaux d'Érik Satie pour un auditoire paisible et de plus en plus méditatif.

5

Restons calmes !

Le lendemain matin, à l'issue du petit-déjeuner, Tovaritch se résolut en soupirant à s'occuper de l'accident.

— Vincent, qu'est-ce qu'on fait ? J'appelle tout de suite l'assurance ou j'attends que tu identifies la voiture adverse ?

— Je m'en occupe tout de suite.

Vincent appela son adjoint, le commandant Théo Müller, à l'hôtel de police de Bordeaux.

— Tu peux me faire une identification au FNA[1] ?

— T'as encore eu une embrouille avec un chauffard ? Tu peux pas te tenir un peu tranquille ? Ça me ferait des vacances.

— Non. Délit de fuite. Un gars a sévèrement embouti la Porsche de Toto et il s'est fait la jaquette.

— Et vous ne lui avez pas couru après et foutu la branlée de sa vie ? Bizarre !

— Impossible. On avait une roue éclatée.

— L'innocent. Se rend-il compte de la chance qu'il a eu de vous échapper ? Si vous l'aviez attrapé, je

1. Fichier national automobiles.

suppose que vous lui auriez fait la morale en langage des signes ?

— Exactement. Tu notes ? FE 206 TZ.

— Une seconde… Une Toyota rouge ?

— Affirmatif.

— Aline Dumas, née le 6 novembre 1982 à Bordeaux et demeurant… Lège Cap Ferret, avenue de l'Herbe, village de l'Herbe, mais y a pas de numéro de maison ou d'immeuble.

— Tiens donc, c'est pas loin de là où elle nous a emboutis. Et elle n'est pas volée au moins ?

— Non signalée volée. Mais tu sais comme moi que ça veut rien dire. Elle peut avoir été volée sans que le propriétaire ne s'en soit encore aperçu ou qu'il ne soit pas en mesure de signaler le vol pour une raison ou une autre.

— Et on a quelque chose sur la propriétaire de la voiture ?

La réponse du commandant Müller qui consultait les fichiers informatiques en maugréant se fit attendre.

— Rien au fichier des personnes recherchées, pas d'antécédents. Elle a déposé plainte il y a cinq ans pour un vol de scooter à Paris.

— Profession ?

— À l'époque ? Physicienne au CEA et au CNRS, c'est pas courant.

— Je me doutais bien qu'elle n'était pas monitrice d'auto-école, mais de là à s'arracher après nous avoir emplafonné la voiture de Toto, y a quand même de la marge… C'est curieux pour une scientifique, non ?

— Vincent, est-ce que je peux te dire quelque chose sans que tu grimpes aux rideaux ?

— Vas-y, vas-y, si ça peut te faire plaisir. Au fil des années passées en ta compagnie, j'ai appris la patience, le stoïcisme, et je sens la connerie arriver. Je me suis habitué à entendre tes recommandations de bénédictin, de grand sage. J'ai compris qu'à côté de toi Gandhi était un grand déconneur, un ripailleur, que Lao-Tseu passait ses nuits chez Régine, que Confucius était disc-jockey au Palace et qu'il est crevé d'une cirrhose carabinée.

— Tu vas la fermer, oui ou non ? Écoute-moi donc !

— Quand je pense que je suis ton supérieur hiérarchique…

— Oui, bé, écoute-moi. T'es en vacances au Ferret avec la bande à Velpeau, chez les farfedingues. Va à la plage, à la pêche, fais du bateau, mange comme quatre, pète-toi la ruche tous les jours si tu veux, mais, surtout, surtout, ne va pas t'occuper de ce qui ne te regarde pas. N'essaye pas de faire de la police en amateur ou en free-lance, ça ne t'a jamais réussi. Chaque fois que t'es avec cette bande de fêlés, ça finit mal, ça part en vrille. Quand c'est pas des coups de calibre tirés dans tous les sens, il faut que j'aille t'arracher d'une cellule de garde à vue des pandores d'un charmant coin paumé.

— J'y suis pour rien, j'ai tendance à attirer les ennuis.

— Tu n'y es effectivement pour rien. Mais quand on est comme toi affligé de cette putain de maladie, et quand, dans la police, on se trimballe, comme toi, le surnom de chat noir à tel point que plus personne ne veut intégrer notre groupe ou bosser avec toi, on s'adapte ! On évite les situations délicates, on est prudent, on fonce pas sur tout ce qui bouge, on ne court pas au-devant des ennuis.

— Qu'est-ce à dire, commandant de mes fesses ?

— Ne va pas chercher des couilles aux vaches, laisse tomber cette salade. Toi et ton copain russe, vous allez gentiment chez les gendarmes, à jeun de préférence, déposer plainte pour délit de fuite à l'encontre du conducteur de cette voiture et vous passez à autre chose, c'est pas bien compliqué, non ?

— Aucune curiosité, les œillères, pédaler mais surtout ne pas s'occuper de la marque du vélo, ne prendre aucun risque… Mon pauvre Théo, t'es misérable. Tu vas mourir d'étouffement en bouffant de la purée sans sel à l'âge de cent deux ans au sous-sol d'un Ehpad miteux, à l'extérieur d'un village oublié de la Creuse profonde pendant que moi, je passerai mes soirées dans une fumerie d'opium sur une petite île luxuriante de la mer de Chine entouré de créatures lascives et langoureuses me prodiguant des attentions que la morale m'interdit de détailler maintenant.

— C'est bien ce que je craignais, t'es encore parti à déconner avec les autres zozos. Mais, cette fois-ci, je préfère t'avertir. C'est pas la peine de me téléphoner en pleurnichant à 2 heures du matin parce que tu t'es fait serrer, injustement et de façon scandaleuse, par des gendarmes liberticides et assoiffés de violence ! Je ne viendrai pas te chercher, je ne téléphonerai pas au

Parquet pour essayer de te faire libérer, je n'irai pas raconter au directeur que tu es victime d'une erreur judiciaire, tu te démerderas tout seul, c'est compris ?

— C'est fou ce que tu deviens désagréable. T'es aigri, ça doit être l'andropause. Va voir le vétérinaire, ou mieux, va te faire tirer sur l'élastique du côté de Paludate, ça va te décontracter. Tu te choisis une gagneuse à peu près comestible, en état de marche, et tu lui colles ta carte de flic sous le pif, je suis sûr qu'elle te fera une réduction.

— Tu m'agaces, salut.

Le commandant Théo Müller, fâché, raccrocha brutalement.

Vincent soupira longuement avant de commenter à Tovaritch.

— T'es témoin, mon pauvre Toto. Je suis d'une patience angélique. Je me fais presque insulter par mon subordonné qui me fait la morale, qui me fait des reproches et je reste stoïque, impérial, d'un calme olympien. Voilà ce qu'on va faire. On va mettre nos plus beaux atours, se débarbouiller le museau, se brosser les chicots, se peigner avec la raie sur le côté et on va aller à l'Herbe rendre visite à cette gente dame, non sans lui apporter des petits gâteaux et un bouquet de fleurs et quelques bonbons. Et si elle nous reçoit mal ou décline toute responsabilité dans ce fâcheux accident, on se retire en lui présentant nos excuses les plus plates. Ça te va, Toto ?

Le Russe semblait dubitatif.

— Et pourquoi les excuses les plus plates ?

— Parce que c'est mieux.

— Et pourquoi c'est mieux ?

— Parce que plate bande, et c'est toujours mieux, non ? Ça te va ?

— Mouais... mais reconnais quand même que Müller n'a pas complètement tort. Ton impulsivité nous a joué quelques fois des mauvais tours, non ?

— C'est mon karma. Dans la vie, il faut s'accepter tel qu'on est. Ça nous permet d'avancer sur le chemin de la sagesse et de la résilience. Regarde-toi : t'as l'air con, faudrait que tu apprennes à faire avec, parce que ça peut pas s'arranger, c'est même de pire en pire.

Vincent évita de justesse une méchante bourrade qui lui aurait démoli l'épaule et suggéra :

— Allez. Prends les clefs de la Mégane des filles, j'avertis les cloportes qu'on y va et qu'on en a pour une petite heure.

6

La petite histoire

Les deux acolytes prirent paisiblement la route. À Bélisaire, ils tournèrent en direction de La Vigne, raccourci menant directement au rond-point de l'Herbe par une route sinueuse et vallonnée serpentant agréablement sur la dune entre les pins, les chênes verts et les arbousiers. Au détour d'un virage apparaissaient quelques villas somptueuses tentant de se dissimuler dans la végétation luxuriante. Ils laissèrent le petit port de plaisance de La Vigne sur leur droite, en contrebas de la dune et de la route. Tovaritch bougonna une question à l'adresse de Vincent.

— Pourquoi avoir appelé ce coin La Vigne. T'as une idée ? Y a pas de vigne par là ?

— C'est vrai que t'es pas originaire du coin. D'ailleurs Tovaritch, c'est pas un nom d'ici. Je t'explique. La presqu'île du Cap Ferret n'est fréquentée par les hommes que depuis peu de temps. Jusqu'au début du siècle dernier, il n'y avait même aucune route qui menait ici. Elle s'arrêtait à Lège. La presqu'île était tenue pour un lieu hostile et insalubre, et l'État vendait des hectares à vil prix à qui en voulait, c'est-à-dire pas grand monde car seuls les aventuriers et les rêveurs s'y intéressaient. Mais pourtant un homme qui avait fait fortune en Algérie, Léon Lesca, est tombé amoureux de ce coin sauvage et a investi énormément pour le développement du Cap Ferret. Il a, entre autres choses, planté de la vigne ici même, et après l'abandon de cette tentative infructueuse de viticulture, pourtant prometteuse et bien partie, l'endroit a conservé le nom de La Vigne. Mais c'est pas si simple ! On sait qu'avant Léon Lesca et ses aventures viticoles, un homme nommé Lavigne a habité par là et son nom est porté au cadastre comme propriétaire de l'endroit. Et donc, l'origine du nom de ce coin fait débat. Pour la petite histoire, Léon Lesca avait pour ami un prince russe, Nicolaï Dimitrievitch Galitzine, qui lui rendit visite en 1896. T'es donc pas le premier Russe à traîner par ici. La Vigne, c'est aujourd'hui la seule marina de la presqu'île et ça le restera. Il y a eu jadis le projet de construire une autre marina dans la conche de Mimbeau. Ça a soulevé une telle levée de boucliers de la part des riverains que le projet a été abandonné. Et l'heure n'est plus, nulle part en France, à la construction de marinas. Personne n'en veut plus. Et c'est ce qui fait que le prix d'une place de port atteint aujourd'hui des sommets inimaginables. J'en sais quelque chose puisque *Méa* tire sur ses amarres au port de La Vigne pour un mois d'été, c'est mon luxe de l'année. Je sous-loue la place d'un gars qui est parti en croisière jusqu'en septembre… heureux homme.

En approchant du village ostréicole de l'Herbe, Tovaritch jeta un coup d'œil surpris et interrogatif à un immeuble cubique planté là, tout seul sur un vaste espace vert, à quelques mètres de la mer. La présence incongrue de cet édifice au milieu de la végétation et parmi les maisons basses n'échappait décidément à personne. Vincent en souriant lui fournit l'explication attendue.

— On appelle cet endroit la Villa Algérienne alors que comme tu vois… il n'y a ici qu'un immeuble moderne dont on évitera de critiquer l'esthétique. À la fin du XIXe siècle, Léon Lesca a fait construire ici une somptueuse villa de style mauresque où il passait tous ses étés en famille. Les gens du coin l'avaient baptisé La villa Algérienne. Après sa mort, elle est tombée en de mauvaises mains et a été vendue à un promoteur qui l'a fait démolir en 1966 pour bâtir cet immeuble. Et Léon Lesca avait assorti cette villa d'une chapelle de style tout aussi mauresque qui, elle, a surmonté les affres du temps et ceux de la connerie humaine. Il avait construit cette chapelle car il n'y avait aucun lieu de culte sur la presqu'île et que les enfants devaient aller à Lège à pied ou à Arcachon en pinasse pour suivre le catéchisme. Cet homme était bon et cette chapelle témoigne de son ouverture d'esprit. Fais un détour de cent mètres en tournant à droite et tu vas apercevoir cette chapelle.

Une minute plus tard, Tovaritch arrêtait la voiture devant le monument. Vincent était heureux de faire le guide et de partager « son » bassin d'Arcachon avec son ami.

— Regarde ce mélange affirmé, revendiqué de styles. Une chapelle typiquement chrétienne et de style profondément arabe. On sent le désir œcuménique de Léon Lesca. Au fronton, une inscription en latin qui pourrait convenir aussi bien aux musulmans qu'aux chrétiens, *Gloria Deo*, et une formule de bienvenue en arabe. Avoue que c'est original, non ?

— Les habitants de l'Herbe devaient être contents des largesses de cet homme.

— L'Herbe n'existait pas encore à l'arrivée de Léon Lesca. Ce village d'ostréiculteurs et de pêcheurs, comme celui de Piraillan, du Canon ou de Mimbeau, sont récents. Dans le temps, les paysans de la mer demeuraient au fond du Bassin, à La Teste, à Gujan-Mestras, et ne venaient ici qu'en pinasse à voile, par la mer, pour pêcher ou « cultiver » l'huître. Il n'y avait pas de route menant au Cap Ferret, et à la voile le trajet était long. Le courant de jusant les portait bien par ici et ils profitaient du flot pour revenir chez eux, mais ils ne pouvaient travailler sur les parcs à huîtres que durant les quelques heures de l'étale de basse mer, et c'était trop peu, tu comprends ? Alors, tant pour pouvoir rester plus longtemps que pour s'abriter du mauvais temps, ou se reposer, ils ont commencé à édifier des cabanons de fortune en bois sur le domaine public maritime, sur l'estran, la plage, au-dessus de la laisse de haute mer. Et petit à petit, ils ont amélioré le confort de ces cabanes pour pouvoir y dormir entre deux marées.

Puis ils ont fini par se sédentariser et vivre sur place. Le foncier ne leur appartient pas. Ils occupent l'espace sous couvert d'une autorisation d'occupation temporaire du domaine public maritime. Jadis, l'obtention ou le renouvellement de cette fameuse AOT était une formalité et nombre d'ostréiculteurs avaient plusieurs cabanes sur divers sites du Bassin selon la localisation de leurs parcs, et de nombreuses cabanes étaient d'ailleurs à l'abandon ou en tout cas bien négligées. Mais depuis le début des années 80, le tourisme et la plaisance ont tout changé, l'argent et le snobisme ont failli pervertir définitivement l'attribution des cabanes, mais les choses ont été reprises en main par l'autorité publique et aujourd'hui n'occupent les cabanes que des ostréiculteurs ou des ayant droits, enfants ou petits-enfants, même si eux-mêmes ne sont pas marins.

— Ce qui veut dire que la gonzesse qui nous est rentrée dedans avec sa voiture est d'une famille d'ostréiculteurs ?

— T'es merveilleux, tu comprends tout à une vitesse phénoménale. Mais le village de l'Herbe a ceci de particulier qu'il n'est pas directement sur la route départementale, il est en retrait, invisible, dans un cul-de-sac, et il faut y aller spécialement pour le découvrir. C'est le plus secret de tous les villages ostréicoles et d'ailleurs ça tourne un peu à l'entre-soi des happy few. Qui en 1970 aurait cru que les villages du Ferret deviendraient ce qu'ils sont aujourd'hui ? Je fais un peu le vieux nostalgique, non ?

— Et pourquoi ce nom de l'Herbe ?

— Je ne sais pas. Je suppose que l'endroit était réputé pour sa verdure et qu'il a surpris les premiers arrivants par sa luxuriance. Quand les Vikings ont débarqué de leurs drakkars au Groenland au xe siècle, bizarrement ils ont trouvé que la terre était verte et l'ont baptisé Groenland, alors que cette île est essentiellement couverte de glace. Ils ont dû débarquer en plein été. Peut-être que le premier Testerin ou Gujanais qui a accosté ici avec sa pinasse en forme de drakkar a trouvé que la dune était bien herbeuse, ce qui est d'ailleurs toujours le cas. C'est d'autant plus curieux que les plus anciens te diront que le coin s'appelait jadis la Gnagnotte. Faut pas trop chercher à comprendre les mystères de la toponymie, elle peut être cruelle pour ceux qui habitent à certains endroits. Dans la lande, pas loin d'ici, il y a un lieu-dit qui s'appelle Chez Ducom. Tu te vois habiter là-bas ? Je te rappelle qu'on est venus pour régler un petit problème et pas pour faire du tourisme. On y va ?

Ils roulèrent à peine deux cents mètres le long de la grève avant de buter contre une barrière interdisant l'accès du village aux voitures. Vincent, en bon guide touristique, commenta.

— C'est pas plus mal parce que l'unique rue très étroite pompeusement baptisée avenue de l'Herbe est sans issue. Gare-toi là. On va continuer à pied.

— Si ça te dérange pas, je t'attends dans la voiture. Il pluviote et il faut que je regarde mes mails et que je téléphone à Sophie.

— Il pluviote ! Tu me fais rire. Sur le Bassin la pluie ne mouille que les cons. À cause du microclimat. T'as surtout la flemme de marcher.

7

L'Herbe

Le village ostréicole, large d'une centaine de mètres, s'étend du pied de la dune escarpée et couverte de végétation jusqu'à la plage de sable fin où les vaguelettes paresseuses viennent clapoter sur la frange d'algues échouées sur la laisse de haute mer. Entre la dune de sable retenue par un enchevêtrement invraisemblable de mimosas, d'arbousiers et de chênes verts sans lesquels elle s'effondrerait peut-être et la paisible plage, ce n'est qu'un fouillis totalement anarchique de cabanes multicolores séparées par un dédale d'étroits sentiers remblayés de coquilles d'huîtres concassées et envahis de matériel hétéroclite divers, à usage ostréicole ou autre… Cela va des poches d'huîtres vides empilées à la diable à des tuiles destinées au captage du naissain, en passant par des tiges de fer à béton rouillées et des tracteurs aux roues rongées par l'eau de mer.

Vincent s'engagea d'un bon pas dans l'unique rue menant à ce curieux village en laissant sur sa gauche l'antique Hôtel de la plage construit modestement en bois à la fin du XIXe siècle mais faisant encore vaillamment face à la mer toute proche dont il a en mémoire les fréquents assauts hivernaux. Les anciens appelaient l'établissement Chez Magne comme on parle de Chez Hortense à la Pointe. Les vents furieux et les embruns ne sont pas encore venus à bout des frises et dentelles de bois naïvement ouvragées ornant sa façade... Mais comment trouver le domicile d'Aline Dumas dans ce labyrinthe de cabanes, d'outils, de bacs en plastique, et de camions garés en désordre ? Vincent repéra un bloc de dix-huit boîtes à lettres. La découverte était décourageante : il ne pourrait pas localiser la maison Dumas par ce moyen. Mais l'une de ces boîtes portait une étiquette soigneusement calligraphiée « A. Dumas ». Elle habitait bien le village. Il ne restait plus à Vincent qu'à aller à la pêche en interrogeant l'autochtone qui risquait d'être méfiant. Mais pour cela il disposait d'un avantage inattendu, sa tenue. Espérant pouvoir aller bricoler sur *Méa* en fin de journée, il avait mis sa vieille marinière délavée, un blue-jeans fatigué et des chaussures bateau éculées ce qui, avec ses cheveux ébouriffés, lui donnait une couleur locale.

— Vous cherchez quelque chose ? l'interpella cavalièrement d'une voix forte un homme au teint cuivré qui poussait une brouette en traînant lourdement ses bottes de caoutchouc sur le chemin.

— Aline Dumas, j'ai rendez-vous avec elle...

L'homme sourit longuement en prenant le temps d'inspecter de la tête aux pieds la mise de Vincent, comme s'il essayait d'évaluer ses propres chances avant de répondre.

— Heureux homme… C'est la maison bleue adossée à la colline.

— On y vient à pied, on ne frappe pas, ceux qui vivent là ont jeté la clef?

— Il vaut peut-être mieux frapper, parce qu'avec son caractère… Si vous frappez pas, elle risque de le faire, elle. Elle est là en ce moment. Je l'ai vue hier matin.

Vincent remercia et se dirigea d'un pas vif et assuré vers la maisonnette bleue d'allure bien romantique en fredonnant la chanson de Maxime Le Forestier.

La cabane avec son toit pointu couvert de tuiles plates était précédée d'une étroite véranda de bois rembardée embrassant toute la façade, à la manière des anciennes maisons du sud des États-Unis où de celles des ex-colonies d'outre-mer. Les marins arcachonnais ont-ils rapporté de leurs pérégrinations quelques idées de l'architecture tropicale, ou est-ce eux qui ont exporté le modèle de la villa arcachonnaise et de la cabane ostréicole vers les contrées lointaines ? La ressemblance est parfois étonnante entre une case réunionnaise et une cabane de village ostréicole. Contrairement à ce qu'affirment certains éminents historiens, les grands navigateurs, les découvreurs et autres colonisateurs n'ont probablement pas limité leurs échanges avec les indigènes à de la verroterie et des maladies vénériennes contre des épices et du « bois d'ébène ».

8

Ça recommence !

Vincent décida de reporter l'approfondissement de cette réflexion à une date ultérieure et gravit les trois marches de bois donnant accès à la terrasse de l'habitation. Sous son poids, l'escalier laissa échapper une puissante plainte tenant plus du mugissement bovin que de la protestation ordinaire d'un escalier douillet. À peine avait-il pris pied sur le perron qu'il marqua un temps d'arrêt, les yeux fixés sur la porte d'entrée de la maisonnette. L'huis était entrouvert, la clenche pendait lamentablement, et le chambranle présentait des traces de pesée caractéristiques. Il porta machinalement sa main droite à la hanche. Mais non, il n'avait pas son Sig-Sauer, il était en vacances. Il poussa prudemment la porte dont les gonds laissèrent échapper un long grincement. Les volets étaient fermés et l'intérieur très sombre.

— Y a quelqu'un ? s'entendit-il crier d'une voix mal posée.

Son appel restant sans réponse, il avança prudemment et entra à pas comptés, tous les sens en éveil, les yeux écarquillés dans ce qui semblait être une pièce unique à usage de séjour. Le chasseur sommeillant en lui comme en tout policier se réveillait lentement, mais son esprit définitivement espiègle lui faisait en même temps imaginer qu'une superbe femme puisse jaillir de la douche, joliment effrayée mais dans le plus simple appareil. En faisant semblant de se martyriser le cou pour regarder ailleurs, il lui tendrait un tout petit mouchoir en guise de feuille de vigne et elle l'insulterait en tentant de réprimer un charmant sourire. Pourtant il commençait à avoir peur. Il ne bougeait pas et le silence était tel qu'il n'entendait que sa respiration trop rapide et le craquement de ses articulations. Mais ses yeux s'accoutumaient et la lumière se faufilant par la porte d'entrée lui permettait de détailler l'intérieur de la maisonnette. Devant un bureau aux tiroirs ouverts, un fauteuil retourné gisait au milieu de dossiers et de papiers éparpillés jonchant le sol. Sous une table basse renversée, un tapis était constellé des morceaux de faïence d'un vase brisé, et des roses assoiffées agonisaient dans une flaque d'eau. Autant de signes qu'il s'était passé là quelque chose de violent. Il ne manquait qu'un corps humain inerte au sol pour en faire une scène de crime ordinaire. Vincent reprenait son calme et son sang-froid et ses yeux étaient maintenant parfaitement accommodés à la faible lumière intérieure. « S'assurer que nulle part dans la maison se trouve quelqu'un nécessitant des secours urgents, ne toucher à rien, préserver l'état des lieux et aviser au plus vite les gendarmes… Les gendarmes ? Comment vont-ils prendre cette histoire ? Je vois le truc d'ici…

"Encore lui"! » Vincent n'eut pas le loisir de poursuivre sa réflexion. La puissante plainte d'une marche du perron venait de déchirer le silence. En se retournant, il vit une silhouette à contrejour s'encadrer dans la porte d'entrée. L'ombre chinoise s'immobilisa, elle brandissait un pistolet automatique en sa direction. Il était probablement tombé dans un piège. Lequel, pourquoi ? L'homme, pistolet au poing, reprit sa lente progression et Vincent comprit qu'il ne le voyait pas, qu'il était aussi aveugle que lui lorsqu'il était entré dans la maison. Sa décision fut vite prise. « Souviens-toi de Platini… »

De sa jambe droite il prit un maximum d'élan et balança un terrible coup de pied dans le pistolet de l'inconnu. Ce geste sportif admirablement réalisé ne fut pas suivi d'applaudissements interminables mais de deux cris de douleur. L'un émis par Vincent dont les fines chaussures bateau n'avaient pas suffisamment protégé le pied et l'autre de l'inconnu dont l'index engagé dans le pontet de l'arme avait fait les frais du penalty. Le commissaire jeta l'homme au sol, ventre contre terre, l'immobilisa en enfonçant son genou gauche entre les omoplates du malheureux et en pesant de tout son poids.

— Vous me faites mal, j'étouffe !

— C'est fait exprès, couillon. Défais ta ceinture.

— Pourquoi ?

— Je vais te sodomiser.

— Pas ça !

— Puisque tu veux pas, je vais juste t'attacher les mains dans le dos avec ta ceinture.

C'est exactement à ce moment-là que l'escalier lança un nouveau mugissement. Vincent se retourna pour voir un autre homme avancer vers lui… un pistolet à la main. L'affaire tournait mal. Pour libérer son comparse, l'arrivant n'allait pas hésiter longtemps. Il allait consciencieusement vider son chargeur sur le commissaire, autant pour venger son ami que pour se passer les nerfs. Vincent allait finir ses jours sur le plancher rustique d'une cabane en bois du village de l'Herbe, truffé de 9 mm comme une dinde à Noël sans même savoir pourquoi ? La vie était décidément injuste avec les hommes honnêtes. Et l'escalier de renouveler sa plainte, et les choses de s'enchaîner sous les yeux de Vincent à la vitesse d'un film muet. L'homme au pistolet, alerté par le bruit, se retourna vivement et le géant russe lui adressa une terrible mandale qui le fit partir à l'horizontale. Tovaritch ramassa le pistolet et, inquiet, s'approcha de Vincent pour s'enquérir.

— Ça va ? Pas de bobo ?

Puis, voyant avec surprise l'homme allongé sous le commissaire :

— Ah bon, t'en avais déjà attrapé un. Ça nous en fait deux. Finalement, c'est une bonne journée. Et c'est quoi ces deux pèlerins ?

L'homme au sol qui avait entendu la question en profita pour clarifier la situation.

— C'est la police ! Et l'autre aussi est de la police.

Tovaritch et le commissaire s'interrogèrent du regard avant que Vincent, embarrassé, réponde :

— Ça tombe bien, moi aussi. Ça sort pas de la maison, on fait ça en famille. Sors-moi ta brème[1], charlot.

— Tu vas bien, toi… Je suis couché sur le ventre avec les mains attachées dans le dos et un doigt pété.

— T'avais qu'à entrer à la Poste ou à la SNCF, c'est moins risqué.

— Dans la poche latérale droite de ma veste…

Le commissaire Laffargue extirpa de la poche de l'homme un étui noir contenant une carte tricolore. « Robert Vidal, commissaire principal. Les autorités civiles et militaires sont invitées à laisser circuler librement le titulaire de la présente carte. »

Vincent cherchait maintenant à ne pas perdre la face.

— Et tu sévis où dans la maison poulaga ? À la propreté des locaux, à l'entretien des bagnoles ?

— DGSI[2] antenne de Bordeaux, division contrespionnage.

— Je vois, je vois. T'écoutes pousser l'herbe au printemps et tu regardes tomber les feuilles mortes à l'automne. L'été tu vas à la plage vérifier que la marée monte et descend. Tu dois te faire chier l'hiver, mon pauvre. Et l'autre peintre qui s'est vautré dehors, il fait dans quoi, lui, du macramé, de la poterie, des collages ?

Le commissaire Vidal essaya la colère.

---

1. Carte professionnelle en argot policier.
2. Direction générale de la sécurité intérieure.

— C'est mon adjoint. Mais maintenant, ça suffit ! Vous me détachez immédiatement et vous allez rendre compte de vos agissements devant qui de droit. Et il va vous en cuire.

Tovaritch, l'air inquiet, demanda à Vincent.

— C'est qui, « qui-de-droit » ?

— Ça doit être un grand maigre, style végane, avec des grosses lunettes et l'air con, genre leptosome schizoïde à poil ras, mais laisse tomber, ça rebondit.

Vincent s'adressa alors au commissaire de la DGSI.

— On va te libérer, mais faut que tu restes calme, t'amuse pas à jongler sinon je te file la deuxième couche. Faut qu'on cause tous les deux. Mais avant, je fais une photo de toi saucissonné les mains dans le dos, le bénard sur les cuisses, le caleçon rose avec des petites grenouilles, une de ton calibre et une autre de ta carte professionnelle. Comme ça tu seras pas tenté d'aller raconter tes faits d'armes glorieux à tout le monde alors que dans la vraie vie tu t'es fait assaisonner copieusement par un collègue en villégiature. Pareil pour ton comparse. Si tu me chies dans les doigts, je mets ça sur les réseaux sociaux. Facebook, Twitter, Instagram, Tik Tok, tout le fourbi. Tu vas faire poiler les copains de la CIA ou du KGB. Ça la fout mal pour un contrespion français de se faire secouer par des poulets ordinaires, tu crois pas ? Sans compter les traîneurs de sabre de la DGSE[1]. Première question : Qu'est-ce que tu fous là ?

Le commissaire de la DGSI se renfrogna.

1. Direction générale de la sécurité extérieure, institution militaire.

— Je ne réponds pas. Secret-défense. Et toi, qu'est-ce que tu fous là ? Et qui es-tu exactement ?

— Dans le désordre : commissaire principal Laffargue, PJ Bordeaux, affaires générales.

Le commissaire Vidal, étonné, interrompit Vincent.

— Alors, c'est toi le fameux... Je comprends mieux. J'aurais dû y penser plus tôt.

— Qu'est-ce que tu insinues ?

— Je n'insinue rien, si ce n'est que t'as eu quelques histoires retentissantes, si je ne m'abuse. En tous lieux, par ta réputation tu es devancé. Mais tu n'as pas répondu à ma question. Qu'est-ce que tu fais là ?

— Je n'ai pas répondu à ta question parce que tu m'as coupé la parole, et je trouve que depuis qu'on t'a détaché t'as pris bien de la gueule. Continue comme ça et tu vas prendre la main pleine de doigts de Toto sur la tronche et on va te ficeler façon gigot. Alors qu'est-ce que je fais là ? : je t'explique. La voiture d'Aline Delmas nous est rentrée dedans, elle a ruiné la Porsche de Toto et elle s'est arrachée perfidement, genre délit de fuite. Alors on était venus demander des explications à la dame. J'ai trouvé la porte ouverte et fracturée, je suis rentré et j'ai pu constater qu'il y avait eu du grabuge à l'intérieur. J'en étais là lorsque tu t'es pointé le calibre à la main. Je t'ai pris pour un malfaisant et je t'ai confisqué délicatement son soufflant pour éviter tout malentendu regrettable aux conséquences funestes.

— Et c'était où et quand, cet accrochage ?

— Sur la départementale, hier vers 17 heures.

— Elle allait vers où, la voiture de Aline Dumas ?

— Vers Bordeaux.

— Et ils étaient combien dans la voiture ?

— Je sais pas, j'ai pas vu, mais plusieurs.

— Putain ! C'est bien ce qu'on craignait...

— D'accord. Moi je t'ai tout dit. À ton tour de m'expliquer.

— Secret-défense...

— Tu vas pas me les brouter longtemps avec ton secret défense. Crache tout, on triera.

— Okay, je prends le risque parce que t'as la réputation d'être charnu et loyal...

— Et que je peux te servir à quelque chose. N'aie pas peur de le dire, ça me dérange pas. Je t'écoute.

— Tu sais qui est Aline Dumas ?

— Négatif. Et à vrai dire je m'en tape le coquillard. Même si elle est gaulée style Ursula Andress, j'ai ce qu'il faut à la maison.

— Un des plus grands physiciens du pays. Docteur en physique nucléaire, chercheur en physique quantique. Elle travaille au Commissariat à l'énergie atomique, au centre d'essais des landes, au Conseil européen pour la recherche nucléaire (CERN). Elle est à la tête des recherches mondiales sur la supraconductivité à haute température, sur les cuprates, la spintronique et la lévitation magnétique.

— Et ça sert à quoi, cette quincaillerie ?

— Le premier pays qui maîtrisera la supraconductivité à température ambiante et la lévitation magnétique dominera le reste du monde pour au moins cinquante ans. Il réglera tous les problèmes liés à l'énergie, sa production, son transport et son stockage. Ce sera plus important que la découverte de l'usage du charbon, du pétrole et de l'électricité réunis. Ce sera le commencement d'une autre ère, d'un monde différent. On pourra faire rouler un TGV avec une pile LR6 ou presque, transporter l'électricité sans aucune déperdition, la stocker indéfiniment.

— T'emballe pas. C'est de la science-fiction, ton truc ?

— Ça l'était mais ça l'est plus. Aline Dumas a atteint en laboratoire la supraconductivité à température ambiante sur divers matériaux expérimentaux. Elle seule sait lesquels. Et avant toute publication, toute communication officielle, elle n'a pas pu s'empêcher d'en parler au téléphone à certains de ses collègues de divers pays. C'était la semaine dernière. Et depuis, elle a disparu.

— C'est ballot. Et d'après toi, qui a fait le coup ?

— Les Chinois ou les Russes. Et vu le mec qui t'accompagne, je pencherais plutôt pour les Russes, si tu vois ce que je veux dire. Tu t'es compromis sans même t'en rendre compte, mon pauvre Laffargue. Tu sers de couverture aux services secrets russes sans le savoir, t'es vraiment un abruti, une chèvre. T'es toujours fourré avec ce mec et une femme agent du FSB, on le sait depuis des lustres, pour l'instant on n'a encore rien contre toi mais tu ne perds rien pour attendre.

Vincent se tourna vers Tovaritch en rigolant.

— C'est vrai que tu roules pour Poutine, enfoiré de rongeur de blinis ?

Mais le Russe semblait ne pas goûter la plaisanterie. Il balança un coup de pied dans les côtes du commissaire Vidal.

— Je suis pas plus Russe que toi, imbécile heureux. Je vais te faire avaler une copie de mon décret de naturalisation. Je suis Français, moi, Môssieu ! Et depuis presque six mois. Et si tu veux, je peux même te chanter La Marseillaise. Non mais… Tout ça parce que j'ai un léger accent. Tu pues la xylophagie.

— Non, Toto, non. C'est impropre : La xénophobie.

— C'est pareil, c'est un enculé !

— Ça, c'est encore autre chose. Ça suffit, on arrête. Et l'autre zigue méditatif sur la terrasse, il en est où, il va comment ?

— Il cherche ses lunettes qui se seraient envolées dans les yuccas et les mimosas, à moins qu'elles soient dans le Bassin avec les huîtres.

— Donc il est vivant ?

— À peu près. Mais il n'a pas l'air dans son assiette. À mon avis il n'a pas l'habitude de prendre des torgnoles. C'est un poulet de salon. Encore un qui veut jouer au velu et qui tient même pas la bouteille. Quand tu penses que c'est ces gonzes qui s'occupent de la sécurité intérieure. Un jour, on va nous faucher la tour Eiffel et ils ne s'en rendront même pas compte, ces blaireaux. Bon alors, maintenant qu'on a dissipé ce malentendu, qu'est-ce qu'on fait ? On s'emmanche en couronne ou on fait un feu de camp ? Y en a bien un des deux qui va nous répondre qu'il a peur du feu ou qu'il supporte pas la fumée. Ils te font pas honte, ces mecs ?

— Toto, je t'ai déjà dit que ça suffit pour aujourd'hui. On a assez malmené ces prestigieux représentants de la République française, soyons sérieux.

Puis, s'adressant au commissaire Vidal.

— Dis-moi, la voiture de la disparue, tu l'as pas mise au FVV[1] ? Elle fait l'objet d'aucun signalement, d'aucune recherche ?

— J'y ai pas pensé. C'est pas un réflexe chez nous.

— Donc, à l'heure qu'il est, cette bagnole n'est pas recherchée. Et Aline Dumas, tu l'as portée au Fichier des personnes recherchées au motif de disparition inquiétante, en définissant une conduite à tenir pour le flicard qui risque de la découvrir ?

— Euh... non, pas encore, mais c'est une bonne idée. Tu sais, on commence à peine.

— Peut-être, mais c'est par là qu'on commence habituellement. Si ça se trouve, elle a été découverte sur la voie publique à Brest ou à Strasbourg en plus ou moins bon état, mais personne ne sait qu'elle est recherchée, et donc tu risques pas d'être prévenu de sa découverte. Rattrape le coup vite fait avant que ça te revienne en boomerang dans les gencives, et tu notes tout. À telle heure t'as fait ci, à telle autre heure t'as demandé ça. Parce que si cette histoire se barre en sucette, si on retrouve le corps martyrisé de la demoiselle, tu risques de devoir rendre des comptes à la moitié de la planète, au Parquet, au préfet, au dirlo, à Paris. Tu vas apprendre à passer au tourniquet, tout en faisant de la corde à sauter. Tu vas te retrouver avec les

1. Fichier des véhicules volés.

bœufs[1] sur le râble. Ils vont vouloir savoir tout ce que t'as fait et tout ce que t'as pas fait, quand, comment et pourquoi. Il va te falloir de l'agilesse et de la soupleté, mon garçon. Bon, c'est pas tout, ça. On va vous abandonner, on a laissé un sanglier sur le feu. Faut qu'on y aille. La bise au chien.

1. Petit nom donné aux membres de l'Inspection générale de la police nationale (IGPN).

9

Disparition inquiétante

— Laffargue !... T'en vas pas si vite. Tu sais, ce genre d'affaires, c'est pas notre ordinaire, on n'a pas l'habitude, on sait pas trop faire. Comment ça se passe ?

— T'as raison de poser la question parce qu'apparemment tu nages. C'est simple. Quand l'absence inexpliquée d'une personne t'est signalée, tu te retrouves confronté à une disparition inquiétante. C'est une situation administrative mais pas encore judiciaire et tu ne disposes d'aucun des pouvoirs d'une enquête judiciaire pour investiguer, et pourtant il faut que tu te fasses au plus vite une opinion sur cette disparition. Est-elle volontaire, a-t-elle été préparée ? La personne était-elle suicidaire, souhaitait-elle refaire sa vie ? Car en France on a le droit de disparaître. La disparition est-elle accidentelle, le fait d'un tiers ? Tu compiles les renseignements. Où et quand a-t-elle été vue la dernière fois, seule ou accompagnée ? T'essaies de te faire une opinion au doigt mouillé. Une vie est-elle en danger, cherche-t-on un rêveur distrait ou un cadavre déjà putréfié ? Il faut qu'heure après heure, tu montes en puissance. Généralement tout cela se règle dans les douze heures et le plus souvent de façon heureuse, et parfois même comique. De temps à autre, c'est une histoire de cocu. Le mari a averti la police de l'absence de sa femme alors qu'il sait qu'elle est en train de se faire tringler par son chef de bureau à l'Hôtel de la gare, et il fait ça juste pour l'emmerder. Mais passé vingt-quatre heures sans nouvelles, et sans aucune piste rassurante sur la vie et l'intégrité de la personne, tu contactes le Parquet et tu demandes l'ouverture d'une enquête pour enlèvement et séquestration, un crime passible de la cour d'Assises. Le Parquet est toujours d'accord. Et là seulement tu passes en « flag[1] » avec tous les pouvoirs d'enquête et d'investigations qui vont avec. Tu peux balancer des réquisitions pour avoir le trafic téléphonique du disparu, pour tracer sa carte bleue et tout le bazar habituel. Mais… ton socle sera ce que tu as fait, vérifié, étayé dans les premières heures, au tout début, sinon ton affaire ne tiendra pas debout et tu passeras pour un pitre, mon pauvre Vidal. Quand et où Aline Vidal a été vue pour la dernière fois, seule ou avec qui, elle faisait quoi ?

— Je sais pas…

— Commence par rembobiner tout ça. Vois avec ses parents, ses amis, ses collègues. A-t-elle un petit ami ?

— Je sais pas.

1. Flagrant délit ou enquête de flagrant délit. Cadre juridique conférant aux officiers de police judiciaire d'importants moyens d'investigation, articles 53 et suivants du Code de procédure pénale.

— Si ça ce trouve, elle voulait le quitter, il l'a étranglée et jetée à la mer ou enterrée.

— Je sais pas.

— *Scio me nihil scire.*

— Pardon ?

— Je sais que je ne sais rien. C'est pas de moi mais de Socrate, un collègue que j'ai connu en stage de maintien de l'ordre. Vu le désordre à l'intérieur de la turne, la porte d'entrée pétée, la voiture qui prend la fuite après un accident… pour moi ça pue sévèrement, cette histoire. T'es mal barré, mon pauvre Vidal. Nous, on s'en fout, on est assurés. Bon, on te laisse. Si t'as besoin de quelque chose, tu m'appelles. Je te fais pas la bise, j'ai un bouton de fièvre.

Les deux amis quittèrent les lieux, ravis d'en rester là. Sur le chemin les ramenant à leur voiture, Vincent admirait les maisonnettes de bois et leurs occupants. Une femme entre deux âges, vêtue d'un ample tablier boutonné devant et chaussée de sabots de caoutchouc, discutait debout dans une sente avec une matrone accoudée à la fenêtre de sa baraque. Manifestement elles se moquaient de quelqu'un, ce qui les faisait beaucoup rire. Vincent s'arrêta et, muet, se figea un long moment dans la contemplation de la mer apparaissant entre deux cabanes. Un lourd nuage d'orage venait de colorer de reflets d'encre la surface du Bassin, mais le soleil facétieux caché derrière lui s'amusait à darder un puissant coup de projecteur sur le plan d'eau en un contraste saisissant. Les bouées de corps-morts blanches étincelaient à la surface du Bassin comme autant de perles, les pinasses rutilaient de leurs couleurs criardes. Les pare-brise des bateaux se dandinant envoyaient des éclairs lumineux violents. Vincent soupira profondément en murmurant :

— Je m'imagine ici à la retraite… *Méa* qui tire sur ses amarres de corps-mort juste devant ma baraque, un chat de gouttière, un chevalet, des pinceaux, quelques tubes de peinture…

— Avec Mélissa, quelques amis et quelques bouteilles de champagne, non ?

— Je porterais plus jamais de calibre, je me laisserais pousser la barbe et les ripes, j'arrêterais de fumer… j'essaierais d'être poli.

Ils reprirent leur marche sans mot dire et presque arrivés à leur voiture, Vincent s'immobilisa une nouvelle fois avant d'expliquer, l'air pénétré.

— Toto, Les deux charlots qu'on vient de quitter ne sont pas des épées, mais nous deux, on n'est pas très fins non plus, on n'a pas inventé le fil à couper l'eau tiède.

— Peut-être, mais moi je suis pas flic et toi t'es en vacances, tandis que les deux brêles, ce sont des professionnels de la profession dans l'exercice de leur fonction de fonctionnaire qui devraient fonctionner. Comparons ce qui est comparable. Ils n'iraient pas péter trois pattes à un kangourou, ces charlots.

— Ouais, mais pas la peine de faire un concours. Je t'explique, bourricot : quand la Toyota nous est rentrée dedans, elle nous a éclaté la roue de la Porsche Cayenne, elle nous a bousillé le train avant et détruit tout le côté et on s'est retrouvés en rideau, cloués sur place, d'accord ?

— Tu m'apprends rien, t'as oublié que j'étais là ? Tu veux en venir où ?

— Je veux en venir à ce que lorsqu'une bagnole d'une tonne deux cents, la Toyota, fout hors d'usage une voiture de deux tonnes cinq, en l'occurrence ta Porsche, ça lui laisse des séquelles. Et que si la Porsche est HS, la Toy doit pas être belle à voir. Et si nous on est restés sur place, j'ai dans l'idée que la Toy n'a pas dû aller bien loin. Et qu'elle doit être abandonnée quelque part par là, chez un mécano, si ce n'est à la casse.

— Pas con… mais inutile.

— Passe-moi les clefs, je conduis. On va remonter la départementale jusqu'à Bordeaux, s'il le faut…

— Vincent, je peux te dire quelque chose ?

— Essaie toujours.

— Est-ce que t'as vu où nous a menés le simple fait d'aller au domicile de la responsable de ce banal accident matériel de la circulation dans le but paisible de régulariser une situation pendante par un tranquille échange de coordonnées d'assurance ou la rédaction d'un constat amiable ? T'as martyrisé un commissaire de police et tu lui as même pété un doigt.

— Et toi t'as pas fait mieux. En emplâtrant son adjoint, tu lui as dégonflé un tympan et cassé les lunettes.

— Justement. Je veux pas insister, avoir l'air d'en rajouter ni être rabat-joie, mais je crois qu'on a le mauvais œil aujourd'hui. On ferait mieux de rentrer à la maison. Tu sais qu'on a prévu du homard pour ce soir. Avec des profiteroles au chocolat comme tu les aimes. On rentre ?

— On fait juste un petit tour et après on rentre. On va même rentrer assez tôt à la maison pour que tu aies le temps de t'épiler et de te faire les ongles pour ce soir.

Au rond-point de l'Herbe, Vincent tourna à droite et engagea la Mégane sur la D 106 en direction de Bordeaux. Moins de dix minutes plus tard, il lâchait un puissant cri de joie qui fit sursauter un Andreï Tovaritch rêveur.

10

Sur la piste

— Regarde ! Sur le bas-côté, dans le sable. Qu'est-ce que je te disais. La Toyota rouge FE 206 TZ.

La pauvre voiture n'était plus qu'une épave. L'aile avant gauche avait disparu, laissant paraître à l'air libre une roue au strabisme divergeant effrayant. Le moteur s'était soulagé sans gêne dans le sable de son liquide de refroidissement et de son huile. Témoin de la violence du choc, l'airbag conducteur était déclenché. Sur le tapis de sol de la place passager avant gisaient une boucle d'oreille à fermoir-pince et une épingle à cheveux. Sur l'appuie-tête de la même place, Vincent releva deux longs cheveux blonds.

— Une femme… mais elle ne conduisait pas… grogna Vincent, méditatif.

L'occupant de la maison devant laquelle avait été abandonnée la Toyota rouge restait planté derrière sa murette, les bras croisés, arborant un air renfrogné et hostile particulièrement bien travaillé.

« C'est qu'il mordrait, ce con » pensa Vincent. Puis, n'y tenant plus, l'homme contourna soudainement d'un pas vif et décidé la clôture de sa maison, franchit le portillon et se dirigea l'air mauvais vers les deux amis en vitupérant.

— Elle vous intéresse, cette voiture ? Elle est à vous ? Je vais appeler la police.

L'homme pensait probablement que les acolytes venaient désosser la Toyota et lui confisquer quelques pièces constitutives.

Vincent répondit sans même regarder l'homme.

— Pas la peine. La police, elle est là. C'est quoi votre petit nom ? Vous avez une tête à vous appeler Henri, je me trompe ?

Tovaritch, l'air désespéré, intervint.

— Non, Vincent, non, pas ça ! Ça suffit pour aujourd'hui. On va pas recommencer. Et monsieur Henri m'a l'air bien sympathique.

— T'as raison ! Même qu'il va nous raconter ce que cette voiture fout là, monsieur Henri. On sera pas venus pour rien. Je vous écoute.

L'homme enleva sa casquette, se gratta la tête et commença, comme s'il récitait sa leçon.

— Je vous avertis, je n'ai pas vu grand-chose, j'y vois assez mal d'ailleurs, je n'ai aucun sens de l'observation et je ne m'intéresse pas aux affaires des autres, moi. C'était hier, il devait être 17 h 05. À la télé, je regardais l'émission « Affaire conclue ». Vous connaissez ?

— On la regarde tous les jours, souffla Vincent.

— Y a eu une page publicitaire, j'en ai profité pour aller pisser. Et puis j'ai entendu cette voiture arriver. Elle faisait un bruit d'enfer, la tôle frottait sur la route. Elle s'arrête juste devant chez moi.

— Ben oui, si elle s'était arrêtée ailleurs, on vous poserait pas tant de questions, improvisa Vincent.

— J'ai l'impression que vous vous foutez de moi, hésita l'homme.

— Ce n'est qu'une impression, monsieur Henri, continuez.

— L'habitacle de la voiture était plein de fumée.

— Normal, c'est les airbags.

— Le conducteur est descendu. Il a fait le tour de la voiture et a empoigné par le bras la passagère avant qui venait d'ouvrir sa portière.

— La passagère ? Donc vous confirmez que c'était pas la femme qui conduisait ?

— Affirmatif. Un deuxième homme assis à l'arrière est sorti par la porte passager. Il a attrapé la femme par l'autre bras et ils se sont dirigés vers un fourgon noir qui s'était arrêté derrière la Toyota. Ils sont montés dans le fourgon qui a démarré sur les chapeaux de roues en direction de Bordeaux. Voilà.

— Et les deux hommes, ils étaient comment ?

— Deux Asiatiques. 30, 35 ans, jeans, blouson et baskets, cheveux noirs, drus.

— Parfait. La femme ?

— Une belle femme. Un mètre soixante-dix au moins, blonde aux cheveux longs, yeux bleus, mince, la petite quarantaine, vêtue d'un vieux survêtement avachi et portant un sac. Elle ne semblait pas d'accord et elle avait l'air d'avoir peur.

— Et le fourgon ?

— Un Mercedes noir aux vitres teintées comme en ont les conducteurs de VTC maintenant. Un autocollant Budget sur la lunette arrière. Conduit lui aussi par un Asiatique.

— Et tant qu'on y est… Vous n'auriez pas relevé l'immatriculation par hasard ?

— Juste les deux premières lettres. Les mêmes que ma voiture : GA.

— Mes félicitations. Vous n'avez rien vu et vous n'avez aucun sens de l'observation, une mauvaise vision, une ouïe défaillante, n'est-ce pas ? Sinon on aurait eu l'identité, date et lieu de naissance et adresse de nos gaziers. Merci, monsieur Henri. La voiture va être enlevée d'ici peu, ne vous inquiétez pas.

Les amis rebroussèrent chemin pour rentrer à la villa des 44 hectares en commentant leur journée.

— Toto, t'as raison. Soyons sages et raisonnables. C'est vrai, aujourd'hui encore, j'ai vu les emmerdements s'approcher, nous tourner autour comme un vol de corbeaux. J'ai vu le moment où ça finissait mal. La leçon est bonne. La paix et la sérénité sont trop précieuses pour qu'on les mette inconsidérément en danger. Je dois continuer à m'inspirer de Gandhi et de Lao-Tseu pour trouver mon cheminement personnel sur le sentier lumineux de la paix intérieure.

Tovaritch adressa à Vincent un regard inquiet.

— Tu te sens bien ? T'es peut-être déshydraté ?

11

Dédé

— Je vais téléphoner à Vidal pour lui raconter ce qu'on a découvert en lui précisant qu'on arrête tout, qu'on laisse tomber, qu'on passe à autre chose. Pour ta voiture, tu téléphones à ton assurance, qu'ils se débrouillent, c'est leur boulot. Je vais prendre la météo et si demain il fait beau, on sort faire un coup de pêche avec *Marie-Thérèse* et le pléonasme.

— Le quoi ?

— Le pléonasme...

— C'est qui, ça ?

— C'est un terme qui répète ce qui vient d'être énoncé. Comme couillon de Dédé par exemple, c'est un pléonasme.

— Pauvre Dédé... S'il savait ce que tu dis de lui. Il t'aime comme le fils qu'il n'a pas eu. Ça fait combien de temps que vous vous connaissez et qu'on est tous fourrés ensemble ?

— Dix ans déjà que non seulement on se connaît, mais qu'on passe ensemble tous nos moments de libres et qu'il a intégré notre famille. Si ça lui a changé la vie, ça nous a changé la nôtre. Tu te souviens à quoi a tenu notre rencontre? À une erreur dans la lecture de l'annuaire des marées, c'est tout. Petite cause, grands effets. L'effet papillon. T'en as rien à foutre, toi, de l'effet papillon, tu sais même pas ce que c'est. Un battement d'aile de papillon en baie de Sydney…

— Ah non, recommence pas! Raconte-moi plutôt ta première rencontre avec Dédé.

— J'étais sorti en solo avec *Méa* tirer quelques bords pour me changer les idées, avec une prévision de basse mer à 19 heures, sauf que je m'étais trompé de page dans l'annuaire des marées et que la basse était à 16h30. Je me pointe au plus près serré à bonne allure avec un noroît de quinze nœuds dans le pif, le liston dans l'eau, bien calé à la gîte, comme à la parade. Je suis sûr que ce jour-là, *Méa* et moi, on avait fière allure sur l'eau. Subitement y a l'alarme du sondeur qui se met à couiner comme s'il n'y avait plus d'eau sous la quille. Je me dis qu'il a encore accroché une algue qui le rend aveugle et qu'il déconne, je fonce et paf! J'entre en collision avec la planète, je me fous à pleine vitesse sur un banc de sable vasard, et vas-y que je te le laboure le sol, y avait plus qu'à planter des patates.

— Je crois que tu me l'as déjà raconté…

— Je continue quand même. Imagine-toi un peu. Quand t'es gîté comme un malade, t'as déjà beaucoup moins de tirant d'eau qu'au naturel, peut-être vingt-cinq centimètres de moins, tu dois passer plus facilement, et que malgré tout tu te plantes et que t'as encore deux heures et demie de descendant devant toi, là t'es très mal barré. Et *Méa* a un lest à bulbe, exactement ce qu'il faut pour faire ventouse et rester collé jusqu'à la fin de tes jours dans la vase. Mon bateau est couché sur le flanc comme un cheval sous la mitraille des casques à pointe à Verdun en 14-18. Je rentre en vitesse les voiles sur un pont gîté à quarante-cinq degrés. Ça siffle dans les haubans, le vent tourne à l'ouest, vingt-cinq nœuds, et commence à lever un clapot hargneux. Le baro se casse la gueule. Si ça tourne au coup de vent, à la marée montante, *Méa* va se faire assassiner par la mer vengeresse qui va le fracasser contre le sol, et moi finir à la patouille comme un misérable touriste. Que faire ? La mort dans l'âme, j'envisage de lancer un mayday[1] par radio mais imagine ! Un mayday pour un échouage sur le Bassin, la honte absolue, un mayday alors que t'as de la flotte jusqu'aux chevilles. Tu risques pas te noyer mais mourir de ridicule ; qu'est-ce que t'as l'air con ! Tu vas pas foutre ton embarcation de survie à l'eau, même pas la bouée-canard du petit dernier. Tu me diras que pour faire diversion tu peux ramasser des coques ou faire des châteaux de sable. Et si t'appelles par radio sur le canal 16[2], tout le monde va savoir que t'as foutu *Méa* au plein, que t'as acheté du terrain à pas cher. On va se foutre de ta gueule pendant des années, te demander si t'as pensé à planter quelque chose. Tous les copains de ponton vont t'attendre sur le quai en rigolant. Ta réputation de marin est ruinée. Ta deuxième place à la régate des 18 heures d'Arcachon de l'année précé-

1. Appel de détresse international en phonie ayant remplacé le SOS en morse.
2. Le canal 16 de la radio VHF est veillé en permanence par tous les plaisanciers, les autorités et les services de secours.

dente est déjà oubliée. Ils vont te trouver un surnom : le blaireau des plaines d'Asie centrale, le laboureur du Népal… Y a bien un perfide qui va t'offrir un bouquin de jardinage, une bêche, de la semence ou un bon d'achat à Jardiland. Je suis à l'agonie… Mon bateau va souffrir, sa jolie coque blanche est déjà pleine de boue.

Et c'est là que je vois arriver des passes, dans la lumière chaude du soleil couchant, une vieille pinasse rouge qui remonte silencieusement le courant en flatulant un indolent pout-pout de mono-cylindre antique. À la barre, un vieux bonhomme paisible, un petit mec halé aux cheveux blancs et rares, sec comme un coup de trique, vêtu d'une vieille marinière couverte d'écailles de poisson, et d'un pantalon de drap rouge retroussé sur les mollets et laissant apparaître des chevilles de moineau et des pieds nus bronzés. Sous sa moustache à la Clark Gable, une infâme clope roulée qu'il mâchouille et sur laquelle il tire régulièrement uniquement pour ne pas qu'elle s'éteigne. De ses yeux clairs, il examine la situation, réduit les gaz et se met à cercler à basse vitesse au plus près de moi. Il farfouille dans ses coffres et en sort une glène de cinquante mètres de trois torons. Puis il approche sa pinasse de moi en marche arrière à la limite de l'échouage et de trente mètres il me balance le bout en pleine figure.

— Faut se magner, ça descend ! Frappe-moi ça vite fait au davier d'étrave et reviens dans le cockpit. Je vais pas essayer de te remorquer tout de suite, mais te tirer sur le côté pour te faire pivoter, pour te décoller la quille de la vase et après seulement, je te tirerai droit. T'es prêt ?

Cinq minutes plus tard, *Méa* frétillait en se dandinant en eaux libres, sans la moindre égratignure. De colère, je renvoyai toute la toile et rentrai au port à la voile pure, grand largue, sous génois et grand voile haute, affalant au dernier moment dans le chenal comme à la parade… et comme d'habitude. Dédé et sa pinasse me suivaient. Puis on a fait connaissance dans le cockpit de *Marie-Thérèse*, dans lequel on a bu l'apéro, avant de dîner sur *Méa*. Il m'a raconté sa vie, son enfance à La Teste, ses années à la SNCF. Quand je l'ai raccompagné à sa 4L à minuit et demi, un peu bourré, il m'a dit :

— C'est pas d'hier que je vois comment tu mènes ton canote, et dès fois tu m'épates, surtout quand tu sors le pébroque[1] en solo par vingt-cinq nœuds dès la sortie du port. T'as du métier, un beau bateau et des testicouilles.

Depuis on s'est plus quittés. Certains disent qu'on n'est pas assortis. Dédé adore que les gens le prennent pour un idiot, et excelle à tromper son monde.

1. Spinnaker, grande voile d'avant pour les allures portantes.

12

Veillée d'armes

— On est arrivés.

Alertées par le bruit du moteur de la voiture, Mélissa, Sophie et Tatiana vinrent à leur rencontre dans l'entrée de la villa. Les arrivants remarquèrent sur le visage des femmes une forte inquiétude qui devint immédiatement contagieuse.

— Qu'y a-t-il donc, s'enquirent à l'unisson Vincent et Andreï Tovaritch.

— C'est Dédé. Il est effondré. On croit avoir compris, mais c'est pas sûr. Il s'exprime mal, il sanglote en permanence. Le mieux, c'est qu'il vous explique. Allez le voir. Il est prostré.

Les deux amis se regardèrent, inquiets, et Tovaritch essaya.

— Sa femme ? Simone ? Tu crois ?

Dédé avait disparu au fond du vieux fauteuil club défoncé de Vincent. Recroquevillé, le menton dans la poitrine, il avait vieilli de dix ans mais la vue des deux amis sembla le rasséréner légèrement.

— Qu'est-ce qu'il y a donc de si grave, Dédé ? Dis-le nous.

— Que pourrait-il y avoir de plus grave, geignit le vieil homme. Pas grand-chose, à part ma fille… peut-être…

Vincent insista.

— Parle pas de malheur, dis-nous ce qu'il y a, Dédé. Nous sommes là.

— Vous me connaissez, non ? Qu'est-ce que j'ai dans la vie ? Simone, ma femme, Brigitte, ma fille, vous tous et qui d'autre ?

— Ta nièce, ta filleule, je crois. Tu nous en parles assez souvent.

Dédé éclata en sanglots devant les deux amis désemparés. Puis se ressaisissant, il hocha la tête.

— Oui… la Musaraigne… Elle a disparu. Sa mère, Ginette, ma belle-sœur, vient de m'appeler. Elle a été enlevée.

— Où ça ?

— Chez elle, à l'Herbe, dans sa cabane.

— Putain de merde ! Son nom ?

— Aline Dumas. Mais j'y crois pas… ils n'ont pas fait ça. Une enfant si gentille. Une femme si belle, si intelligente. Il suffit qu'un monstre, un prédateur, un violeur, un tueur en série passe par là et le monde s'écroule. Elle ne mérite pas ça, et moi non plus. Quand tu penses que je lui ai fait faire ses premiers pas, que je lui ai appris à faire du vélo, à nager, que tous les ans je l'emmenais à la foire aux plaisirs place des Quinconces à Bordeaux, que je lui faisais faire des tours de manège sur le carrousel de la jetée Thiers à Arcachon. On allait au banc d'Arguin avec *Marie-Thérèse*. Elle nageait pendant des heures. Elle ne voulait jamais sortir de l'eau alors qu'elle était morte de froid, alors il fallait que je me fâche pour de faux. Au retour elle dormait sur une couchette de la pinasse, enroulée dans une couverture, bercée par le bruit et la chaleur du moteur.

— Dédé ! Aline n'a pas été victime d'un sadique. Aline n'est pas morte. Elle est trop précieuse en vie pour avoir été assassinée. Elle a été enlevée et on va te la retrouver, t'entends, Dédé ? On va la retrouver, la Musaraigne, bordel !

Dédé secoua longuement la tête.

— Vous dites ça pour me consoler, vous êtes gentils, mais ça sert à rien. Je vais me laisser mourir.

— Écoute-moi donc, abruti ; la voiture qui nous est rentrée dedans hier, c'est celle d'Aline. Et apparemment, elle était passagère avant, et elle s'est emparée du volant par surprise pour nous percuter volontairement. Il y avait deux mecs avec elle dans la bagnole. On a été chez elle à l'Herbe et on a pu constater que c'est là qu'elle a été capturée.

— Et c'est qui, ces mecs ?

— Des Asiatiques, probablement des Chinois. Ils l'ont enlevée en raison du résultat de ses recherches et de ses travaux scientifiques. Ils ne vont pas la tuer.

— Pas tout de suite, mais plus tard, quand ils auront obtenu d'elle ce qu'ils veulent…

— D'ici là on l'aura libérée.

— Et comment ?

— Ça, c'est mon job. On s'y met à partir de demain matin, dès l'aube. C'est moi qui drive les opérations.

Toi, Toto et Gégé vous ferez ce que je vous dirai de faire. À tous les quatre, on devrait y arriver, on en a vu d'autres, non ?

Bien qu'un peu rassuré, Dédé semblait douter.

— On va pas y arriver. Qu'est-ce que tu comptes faire ?

— Boire quelque chose et réfléchir. Ouvre la bouteille.

Tovaritch se leva, soupira et s'éloigna en marmonnant, comme à regret.

— Puisque c'est comme ça… Quand il faut, il faut. Y a pas à tortiller…

Une minute plus tard, il revint portant un lourd sac de toile kaki qu'il posa au sol après s'être assis. Puis, tout en farfouillant à l'intérieur du sac, il questionna.

— Toi, Vincent c'est bien le Sig-Sauer ?

Le commissaire opinant, Tovaritch précisa.

— Je te mets deux chargeurs mais s'il faut on a encore cinq boîtes de cartouches. Toi, Gégé, je sais que tu aimes bien le Glock 17. Moi je prends le 19… Deux chargeurs chacun… Est-ce qu'on prend le pistolet-mitrailleur Skorpion ? Il prend pas de place, ça mange pas de pain et ça peut toujours servir en cas de difficultés relationnelles.

— Tu trouves pas que ça fait genre belliqueux ? Qu'on risque nous prendre pour des mecs agressifs, voire mal intentionnés, peut-être même carrément pour des méchants. On est souvent victimes des apparences.

Le visage des trois femmes était envahi par l'inquiétude, et Sophie osa.

— Vous n'allez pas recommencer ?

— Recommencer, mais recommencer quoi ? protesta avec véhémence Tovaritch.On n'a rien fait, on n'a rien dit. On est peinards chez nous, on demande rien à personne. On nous rentre dedans en voiture, on est obligés d'échanger des baffes avec des flics et on enlève la nièce de Dédé. Merde alors ! On n'y est pour rien, nous. On nous cherche des crosses ? Eh bien, s'il faut y aller, on va y aller au mastic, non mais… S'ils n'ont jamais entendu parler de la bande à Velpeau, les Niakoués, ils vont rire jaune, je te le dis…

Sophie saisit la balle au bond.

— Qu'est-ce que c'est que cette histoire de baffes avec des flics ? Qu'est-ce que vous avez encore fait comme sottises ?

— Non, c'est rien. C'est deux mecs du contrespionnage français qu'on a rencontrés dans une maison mal fermée et qui nous ont menacés avec leurs armes.

— Et alors ?

— Ben, on les a désarmés, voilà tout. On pouvait pas faire autrement. Et puis ils étaient menaçants, ils auraient pu nous faire mal. Mais nous, on n'a pas fait d'histoires. Vincent a pris des photos, il peut vous les montrer. Y en a un couché par terre, le bénard sur les genoux, le cul à l'air, son calibre sur la tempe.

— Vous êtes fous, complètement siphonnés. Vous allez finir en prison !

— Mais non, mais non. On a dissipé le malentendu, fumé le calumet de la paix, enterré la hache de guerre, on est presque des vieux copains maintenant. Et puis en prison, y a pas de place en ce moment. Je vois vraiment pas pourquoi, par les temps qui courent, on irait aggraver le taux de surpopulation carcérale qui tôt ou tard mènera la France devant la cour européenne des droits de l'homme.

— Quand vous sortez des conneries à la chaîne comme ça, c'est toujours mauvais signe, grogna Sophie. Ça veut dire que vous êtes repartis pour un tour. En plus, vous ressortez la quincaillerie des jours de fête. On n'a pas fini de se faire du souci.

Vincent intervint vivement.

— Arrêtez de vous faire des nœuds au cigare et réfléchissons. Qu'est-ce qu'on a comme billes, Toto ?

— Quasiment que dalle. Un fourgon genre minibus Mercedes noir immatriculé GA.

— Je vais demander à Théo Müller si on peut faire pédaler une fonction de recherche du Fichier national automobile, j'en sais rien.

— Le voisin Henri, il a parlé d'une étiquette, d'un autocollant à l'arrière du véhicule. Tu t'en souviens ?

— Oui… Budget. T'as raison ! C'est une société de location de véhicules. Passe-moi l'annuaire.

Vincent s'absorba silencieusement dans sa recherche avant de passer un appel téléphonique, l'air pénétré.

À sa question simple et claire, une agréable voix féminine lui répondit tout aussi clairement.

— On ne donne pas ce genre de renseignements par téléphone, mais par contre, sur place et sur demande verbale ou écrite et après vérification de votre appartenance effective à la police nationale, on vous fournira toutes les informations demandées, et à mon avis, vous n'allez pas vous déplacer pour rien.

Il raccrocha en réfléchissant à haute voix.

— Quand on te répond comme ça, c'est que le résultat est positif et qu'il faut aller sur place pour en savoir plus. Pour ce soir, c'est râpé, trop tard. Demain matin debout 6 heures, je veux qu'on soit au bureau de location de l'aéroport de Mérignac à l'ouverture. Qu'est-ce qu'on peut faire d'autre ce soir ?

— Appelle Vidal, fais le point avec lui, il a peut-être du nouveau, suggéra Tovaritch.

Mais face aux questions de Vincent, le commissaire Vidal semblait désemparé.

— Est-ce que tu as identifié la dernière personne qui a vu Aline Dumas, ne serait-ce que pour savoir comment elle était habillée, si elle était seule ou accompagnée et c'était quel jour et à quelle heure ? Est-ce que t'as lancé une diffusion locale d'avis de recherche, une inscription au fichier des personnes recherchées ? T'as un contact avec ses supérieurs hiérarchiques, ses amis les plus proches, sa mère ? Faut que t'essayes d'établir la chronologie des faits. Est-ce que seulement tu as noté l'heure à laquelle tu as été avisé de sa disparition et par qui ?

Devant l'absence de réponses claires de Vidal, Vincent s'énerva.

— Vidal, remue-toi ! On joue la montre, chaque minute qui passe est peut-être une chance perdue. Moi, j'ai une toute petite piste. J'exploite ça demain matin.

— C'est quoi ta piste ?

— Je te le dirai plus tard, j'ai pas envie que tu piétines mes platebandes et je ne sais pas ce que ça vaut.

— Mais tu n'es pas saisi, t'as pas le droit…

— Je gratte en off, en free-lance, et je te tiendrai au courant pour qu'on ne se marche pas sur les arpions. Pour l'instant, tu me lâches le prépuce et t'essaies d'avancer tout seul. Salut Vidal.

Vincent raccrocha en regardant ses six amis qui arboraient des mines bien tristes.

— Toto, fais péter une autre roteuse, Dédé, fais le service. Mélissa, joue-nous quelque chose de gai au piano… un boggie woggie par exemple. Je suis sûr que Tatiana et Gégé ont envie de danser. C'est pas le moment de partir en vrille. Dédé, t'aurais pas une photo récente d'Aline que je la balance à Théo Müller ?

Dédé sortit de son vieux portefeuille noir arqué comme une banane une petite photo noir et blanc aux bords crénelés. Le cliché représentait une fillette âgée de 6 ans avec des couettes, au sourire édenté, vêtue d'une robe à smocks à col Claudine.

— T'as rien de plus récent ?

— Mais la photo n'est pas si vieille. Tu sais, elle n'a pas beaucoup changé, c'est toujours la même… Elle est toujours aussi belle.

13

Une piste?

Le lendemain matin, le commissaire, Tovaritch et Gégé quittèrent la villa à la première heure, laissant un Dédé désespéré sous la surveillance des femmes munies d'un assortiment de recommandations.

— Vous lui demandez de ramasser les feuilles à la surface de la piscine, de tailler les rosiers, de réparer le pneu arrière du vélo de Sophie, de ratisser l'allée et de préparer le repas. S'il téléphone, espionnez-le et surtout, ne le laissez pas tout seul. Il n'a pas dormi de la nuit, sa chambre est restée allumée et j'ai entendu ses allées et venues entre les toilettes et le frigo. On sera de retour à midi, on apporte le pain. Vérifiez que vos téléphones ne sont pas éteints, ni en mode silencieux et qu'ils sont chargés. Allez, exécution, mauvaise troupe… On y va, et vous nous manquez déjà.

L'agence de location de voitures Budget de l'aéroport de Mérignac se réduisait à un préfabriqué morne de type Algeco implanté sur le vaste parking et entouré de voitures neuves soigneusement alignées dans le même sens. L'employée, une ravissante brune sanglée dans un tailleur d'un rouge violent les reçut avec un petit sourire aux lèvres.

— C'était vous, hier au soir au téléphone ?

— Parfaitement, voici ma carte professionnelle, répondit Vincent.

La femme releva les nom et prénom de Vincent et réclama un numéro de téléphone fixe avant de remarquer avec un large sourire :

— C'est le numéro du standard de la PJ, c'est parfait. Je vous écoute.

Le commissaire apprécia son professionnalisme et se lança.

— Voilà. On cherche un minibus Mercedes noir.

— On en a deux.

— Une immatriculation commençant par GA.

— Affirmatif… Mais aïe, ça sent moins bon pour moi, suivez-moi.

Un préparateur et un client venaient d'entrer et l'employée préférait poursuivre à l'abri des oreilles indiscrètes. Ils entrèrent dans un bureau et après avoir refermé la porte, elle s'assit en soupirant.

— Je l'ai pas senti, ce client. Voilà le dossier, regardez.

Une photocopie de permis de conduire, une autre d'un passeport chinois, une caution tirée sur une carte American Express.

Vincent se mit à rire et plaça les documents sous le nez de Tovaritch en lui demandant :

— Tu remarques rien ? Y a pas comme un lézard ?

Tovaritch, muet, s'absorba dans l'examen des pièces en écarquillant les yeux.

— Alors, Toto, conclusion ?

— Bé… C'est un Chinois, le même gonze sur les deux photos, le même blaze…

— C'est tout ?

— Bé ouais, je vois pas.

— Le passeport et le permis de conduire ont les mêmes dates et lieux de délivrance, et dessus figure la même photo du mec avec le même costard et la même cravate. Pas mal, non ? Moi, mon permis a une date et mon passeport une autre. Sur la photo du permis, j'ai 20 ans, sur celle de mon passeport 35. Et son Amex[1] a été délivrée ce mois-ci, en même temps que les papelards. Et le gus s'appelle Zi Chen, en bon français Jean Dupont, tu le crois ? Les services secrets chinois ne savent même pas construire une légende. Ou alors, ils nous prennent pour des truffes. Je crois qu'il va falloir leur passer le goût du rouleau de printemps à coups de boulier sur la tronche à ces tafioles.

La belle employée, écarlate, se gratta la gorge, visiblement gênée, avant de poser une question.

— On est entre nous, n'est-ce pas ?

L'occasion semblait trop belle à Vincent pour qu'il s'interdise de faire la roue.

— Tout à fait, chère madame, tout à fait. Et pour plus d'intimité, je peux même demander aux deux êtres ignobles qui m'accompagnent de sortir quelques minutes.

---

1. Surnom donné aux cartes de crédit American Express.

— Je reconnais bien le style PJ. Toujours prêt à dégainer, si je puis m'exprimer ainsi. Je peux vous faire confiance ?

— Question superflue à laquelle je réponds avec la plus grande solennité : oui ! Je vous écoute.

— Bon, on n'a pas le droit de le faire… Mais comme je sentais pas ce client, on lui a collé une balise GPS magnétique sous la voiture. Avec le préparateur, on a un code pour ça : je lui demande de « vérifier la pression des pneus ». Roger a donc placé une balise sous le minibus. Voilà. Mais comme c'est interdit, « atteinte à la liberté individuelle d'aller et de venir » qu'ils disent, on le fait en douce.

— Madame, je vois à votre annulaire que vous êtes mariée, n'est-ce pas ? Et si je vous disais que je sais ce que fait votre cher mari dans la vie ?

— Tout juste… Mais j'espère qu'il ne fait pas du charme aux employées des sociétés de location, lui. Mais plus sérieusement, vous voulez savoir où il est ce minibus ?

— Bien sûr.

— Sur un parking public d'Arcachon en plein air, cours Lamarque, et il ne bouge plus depuis plusieurs jours. On a eu de la chance, s'ils l'avaient mis dans un parking en sous-sol, on aurait perdu le signal de la balise. Si vous mettez ces gars hors d'état de nuire, vous nous passez un petit coup de fil qu'on aille récupérer notre minibus avant qu'il ne soit trop tard, d'accord ? Si on peut éviter la fourrière…

— Échange de bons procédés, vous ne perdez pas le nord… Vous dites « ces gars », ils étaient combien ?

— Trois, dont deux sont restés dehors.

— Des bagages ?

— Trois petites valises à roulettes noires, classiques avec des étiquettes au code IATA « WUH ».

— Wuhan… Ils font peut-être l'import-export de pangolins, ou de Covid lyophilisé en boîte, allez savoir.

— Je vous fais une copie des documents, vous aurez la tête du chef. Mais attention, ils portent tous les trois des masques sanitaires, pour les reconnaître c'est pas facile.

— Encore que… Depuis que le port du masque est vivement recommandé en France, plus aucun Français n'en porte, histoire d'afficher sa « rebellitude ». On va donc considérer le port du masque comme quelque chose de suspect.

En sortant de l'agence de location, le commissaire était passablement excité, et en se frottant compulsivement les mains, il ordonna.

— Direction Arcachon, cours Lamarque. Gégé, prends le manche, je vais en profiter pour réfléchir. Je craignais une impasse, mais non, on a un boulevard, on rebondit ! Allez zou…

En s'installant dans la voiture, Tovaritch arbora sa tête des mauvais jours.

— Vincent, tu crois que c'est bien raisonnable ? Tu ne penses pas qu'on devrait se contenter d'avertir Vidal du tuyau ? Je crains qu'on aille encore au-devant de sérieux ennuis.

— Quels ennuis ? On va pas se laisser emmerder par trois Chinois ! Et tu te vois rentrer à la maison et raconter à ce pauvre Dédé qu'on le laisse tomber, qu'on laisse Aline aux mains des archers de l'empereur de Chine, à ces bouffeurs de chiens et de chauve-souris. Pauvre petiote. Y aurait que toi on abandonnerait la Musaraigne, la filleule du Pitoulet, à son triste sort.

— Je croyais que c'était la filleule de Dédé...

— Sauf qu'à La Teste, le Dédé, on l'appelle le Pitoulet, parce qu'il est maigre comme un tit. Et la Musaraigne c'est Aline, la petite-fille du Bombé qui faisait l'huître à l'Herbe et était connu de la Pointe jusqu'à Arès parce qu'il avait la main leste et le bourre-pif facile, surtout lorsqu'il avait chaussé les pompes à bascule à la fête annuelle de Gujan-Mestras ou au bal des pompiers.

— Je comprends pas.

— T'es encore trop Russe, mon pauvre. Ici, il y a pas si longtemps, dans les villages tout le monde avait un surnom, un chaffre qu'on disait. Et le grand-père d'Aline, c'était le Bombé parce qu'il était gros. Et Dédé, il est tellement maigre qu'à l'hôpital de La Teste, ils lui font la radio des poumons avec une bougie pour pas lui cramer les soufflets, et les gonzes sur le port ostréicole, ils l'appellent le Pitoulet.

— Et toi, c'est le chat noir...

— Et toi quand t'as débarqué au Ferret en provenance directe des plaines de Sibérie, ton chaffre, c'était le Ruskoff.

— Tu me l'as jamais dit.

— C'était pas utile et ça aurait pu te froisser. Mais aujourd'hui, ceux qui te connaissent bien et qui ont pu apprécier l'efficacité avec laquelle tu traites les gens qui sont désagréables avec nous t'ont affublé d'un autre chaffre.

— Puis-je savoir lequel, s'inquiéta Tovaritch.

— Presse-purée, mais franchement je ne sais pas pourquoi. Tu n'es pourtant qu'empathie, douceur et délicatesse.

— Vincent, j'ai comme l'impression qu'on est en train d'emprunter la pente savonneuse qui mène au fond de la cuvette des cabinets.

— Les métaphores russes sont pauvres. Si tu veux, on peut te déposer au presbytère et on continue tout seuls. Le bedeau va bien te trouver quelque chose à faire. Sinon, pour passer le temps, vous pourrez vous la montrer.

14

Une filature ratée

À l'entrée de la ville d'Arcachon, place Verdun, trône une imposante maison arcachonnaise, dominant de sa stature imposante et de son toit pointu le rond-point de sortie de la voie directe. Vincent a toujours admiré cette villa pleine de charme pour la bonne raison qu'il s'agit du commissariat de police.

— Imagine un peu, Toto… Moi, taulier ici ? S'il existe un été indien, c'est pas chez les Iroquois ni chez les Cheyennes, c'est bien ici, à Arcachon. Tu me vois ici, début octobre, lorsque la canicule estivale a renoncé à faire rissoler les Parisiens diaphanes et que les estivants desséchés par le soleil sont repartis, le regard perdu, se noyer dans le métro ou le RER ? Avec *Méa* qui tire distraitement sur ses amarres à moins d'un kilomètre de chez moi ; un appartement avec vue sur la mer boulevard de la Plage par le balcon duquel je regarderais passer silencieusement les bacs-chalands des ostréiculteurs défilant silencieusement au crépuscule devant les cabanes tchanquées. Je serais le policier le plus balnéaire de France, je fréquenterais le biotope indigène doré sur tranche, le gotha vernaculaire, je trousserais la femelle autochtone. Je débarquerais au casino, smoking et écharpe blanche, le poil gominé et luisant, un Davidoff à la bouche, égrenant un paquet de plaques de jeu de la main gauche. De ma main droite, je saluerais distraitement une jolie fille qui rêve de moi depuis des lustres et que je fais sadiquement languir dans l'espoir d'un coït mémorable…

— Cours Lamarque, tu sais où c'est, au moins ?

— Vous êtes des boulets… Tout droit.

— On y est. Toto, tu mates le côté gauche, moi le droit. Fourgon Mercedes GA !

Trois minutes plus tard, Tovaritch s'exclama.

— Je l'ai ! Entre l'Austin verte et la Twingo rose.

— On s'arrête pas. On se pose plus loin et on revient en piétons. La femme de chez Budget s'est trompée, elle n'est pas sur un parking mais en stationnement payant le long du trottoir. Y a un bistrot juste en face, au poil !

Ils stationnèrent leur voiture, et Vincent changea totalement de comportement. Il était en action de chasse. Concentré, discret, silencieux et extraordinairement attentif. Il chuchota :

— Allez au bistrot par l'autre trottoir, attablez-vous et commandez-moi une bière, je vais renifler le fourgon et je vous rejoins.

En passant, le commissaire inspecta le véhicule. Un autocollant Budget, l'immatriculation commençant par GA et un ticket de parking à la date du jour et indiquant l'heure limite de 16 h 30. Sur la banquette arrière, un sachet contenant de nombreux colliers d'électricien de grande longueur, un rouleau de ruban adhésif large, un cutter et une bobine de cordelette, autant d'objets qui, réunis, avaient pour lui une signification inquiétante. Il traversa la rue et rejoignit les deux amis dans le bar. La tension était montée d'un cran.

— Les gars, on a une putain d'embellie ! Il est 16 h 30. La durée de stationnement arrive bientôt à expiration. Le flanc des pneus du fourgon en contact avec le sol sont sales. Ce véhicule n'a pas bougé depuis longtemps et il n'a pas pris de prune. Vous pigez ? Y a un mec qui paye régulièrement et change le ticket. Il va se pointer d'un moment à l'autre.

— Tu veux qu'on le serre ?

— Surtout pas ! Ça donnerait l'alerte. Ce qu'il nous faut, c'est Aline. On le laisse faire. Il va changer le ticket et repartir. Et là, on va le filocher et essayer de le loger. Parce qu'il y a fort à parier que là où il va, y a la Musaraigne de Dédé. On est sur le point d'aboutir. Faut pas se louper. On n'a pas pris de calibre… Gégé, avec ton expérience passée de détective privé spécialisé dans le cocu, tu t'y sens de bobiner le Chinois ? Vu comme je suis fringué, il risque de me détroncher au bout de cinquante mètres.

— Avec plaisir…

— On paye tout de suite les consommations pour ne pas avoir le barman au cul en train de brailler au voleur dans la rue s'il faut s'arracher en catastrophe et avant tout, on va pisser à tour de rôle au cas ou ça tourne à la planque à rallonge. Exécution.

Dix minutes plus tard, le trio aperçut un Asiatique à la silhouette massive s'approchant d'un pas indolent du fourgon noir. L'homme dépassa le véhicule en lui jetant un coup d'œil morne, continua sa déambulation pachydermique pour s'arrêter devant une borne de péage. Tovaritch se mit à se tortiller sur sa chaise.

— Attends un peu, Toto, c'est pas parce que le bouchon frémit qu'il faut ferrer. Laisse-le mordre, laisse venir. Le Chinois, c'est pas du brochet, ça picore, ça tâtonne, ça « chounique », ça hésite, c'est franc comme un âne qui recule.

L'homme revint sur ses pas et se dirigea vers le fourgon en sortant des clefs de sa poche. Vincent retint par le bras Gégé qui se levait déjà.

— Attends un peu !

L'homme jeta un long regard périphérique avant de s'approcher du véhicule.

— Regarde comme il est chaud, cet enfoiré ! lâcha Vincent

Puis l'Asiatique ouvrit subitement la portière du véhicule, déposa un ticket sur le tableau de bord, referma promptement la portière et s'éloigna.

— En piste, Gégé !

L'homme se retourna soudain. Après avoir repris sa déambulation, il s'arrêta devant la vitrine d'un magasin, cherchant dans la glace le reflet de la rue et le sien. Le spectacle de cette pantomime inquiéta terriblement Vincent.

— Putain, il est chaud, trop chaud. Il va détroncher Gégé, trop tard pour l'avertir ! À moins que je remonte Gégé pour l'affranchir, lui demander de décrocher ?

— Laisse, laisse. Il a des heures de vol, le Gégé, ça risque rien. Et s'il sent qu'il se fait renifler, il va décrocher tout seul, souffla Tovaritch, confiant.

— J'ai peur, Toto, j'ai peur. T'imagines qu'on foire le coup, qu'ils nous prennent pour des lardus... Ils vont occire la petite, la faire fondre dans l'acide, verser le résultat dans le trou des chiottes, et s'arracher en foutant le feu à leur planque. On aura tout gagné. Dédé sera à l'agonie, Vidal va nous enterrer...

— Mais arrête ! Tu foutrais la chiasse à Frankenstein avec tes conneries. Je te disais qu'il fallait pas y aller. Tu m'as pas écouté. Maintenant, c'est trop tard pour serrer les fesses, merde !

L'Asiatique et Gégé avaient disparu dans une rue transversale.

— Y a plus qu'à attendre. On s'essaye au sérieux ? Garçon ! Deux Jack Daniel's sans glace...

Une demi-heure s'écoula, puis une autre, et Tovaritch partageait désormais l'inquiétude de Vincent.

— Il s'est passé quelque chose. Faut qu'on aille voir, c'est pas normal.

— À moins qu'il soit en planque.

— Non, il a son téléphone, il aurait envoyé un sms.

Ils quittèrent le bar, rongés par l'inquiétude.

— Première à gauche, et après on fait quoi ?

— On cherche, et on essaie de retrouver Gégé.

Ils n'eurent pas à aller loin. Quelques dizaines de mètres plus loin, ils découvrirent Gégé assis sur le trottoir, adossé à une porte de garage en retrait de l'alignement des immeubles. Les yeux dans le vague, la bouche entrouverte, il inspirait la pitié ou le mépris aux passants qui, le prenant pour un clochard ou un ivrogne, lui jetaient un regard furtif en s'éloignant prudemment.

Vincent se précipita vers lui et l'examina très rapidement. Rassuré par l'absence de toute blessure visible, il l'interrogea.

— Qu'est-ce qui t'es arrivé ?

Malgré les efforts visibles qu'il déployait pour paraître lucide, Gégé dodelinait de la tête, son regard se perdait dans l'espace et c'est avec une élocution hasardeuse qu'il tenta une explication.

— Enculé de Chinois… Je le bobinais tranquillement à vingt-cinq ou trente mètres, comme tu bobines l'épouse quinquagénaire d'un chef d'entreprise qui va se faire tringler par son professeur de yoga tous les mardis à 16 h 15, lorsqu'en pleine ligne droite, tout à coup, le Chinetoque disparaît. Abracadabra… plus de Niakoué. Je continue à avancer, et arrivé au niveau du garage, paf ! Plus de son, plus d'image, le trou noir. Il a dû me mettre un pet sur le cigare, mais je sais pas avec quoi.

— Un atémi chinois, certainement. Le plus redoutable, c'est le tutéféniké, utilisé uniquement par les commandos spéciaux des services secrets aux yeux bridés.

— Peut-être... Eh bien quand on va le serrer, le péril jaune, tu me feras penser à lui filer un atémi de Barbes, à monsieur Ping-Pong, il va nous faire une démonstration de yodel, le chant traditionnel des montagnes du Tyrol, a cappella et avec l'accent de Montauban en plus.

— Et c'est quoi, un atémi de Barbes ?

— Un coup de lattes dans les roubignolles avec des santiags en croco aux bouts ferrés. Te bile pas, Vincent, je remonte la pente. Allons boire un café, ça ira mieux après. À vrai dire, je suis vexé. Je me suis fait emboucaner par un Chinois. Faut croire que je vieillis, que je perds la main. Je suis vraiment dépité.

— Ça sert à rien. Le problème, c'est que maintenant, ils savent qu'on est sur leur dos. Si ça se trouve ils ne viendront plus au fourgon, trop chaud. Ils vont l'abandonner et nous on va perdre le contact. On rentre et on va réfléchir mais surtout, on dit rien à Dédé.

15

Nouvelles pistes ?

En arrivant à la villa, ils remarquèrent immédiatement la morosité ambiante. Sophie s'affairait à la cuisine, ce qui n'était pas dans ses habitudes, Mélissa feuilletait un magazine pendant que Tatiana tricotait. Dans un coin sombre du salon, Dédé était recroquevillé au fond d'un fauteuil, immobile, les yeux dans le vague, un verre à la main. Il n'avait jamais paru aussi frêle. L'arrivée des amis ne le fit pas bouger d'un pouce, même pas tourner la tête.

Inquiet, Vincent s'enquit à l'oreille de Mélissa en l'embrassant.

— Ça fait longtemps qu'il est comme ça ? Qu'est-ce qu'il boit ?

— Depuis que vous êtes partis. Il a déjà sifflé plus de la moitié d'une bouteille de whisky et n'a rien mangé. On n'a rien osé lui dire.

— Tu vas nous jouer un truc qu'il aime bien au piano et on va s'occuper de lui.

Cinq minutes plus tard, regroupés autour de Dédé, ils tentaient de le faire sortir de son état d'hébétude.

— Dédé, faut qu'on se sorte les doigts du cul pour retrouver la petite, et pour ça, il faut que tu nous aides. Nous, aujourd'hui, on a déjà fait un truc. Ça a un peu foiré, mais on a quand même vu l'un des ravisseurs. Il faut que tu fasses ta part, toi aussi. Y a que toi qui connaît Aline, ses habitudes, son tempérament. Et puis t'es un guerrier, tu vas pas baisser les bras. On en a vu d'autres.

Dédé sursauta et regarda intensément les trois amis à tour de rôle, comme s'il les jugeait. Puis il haussa longuement les épaules et souffla doucement.

— C'est vrai, je me laisse aller. Depuis ce matin, tout seul dans mon coin, je me repasse les souvenirs des moments passés avec Aline. Le jour où je lui ai fait un berceau pour sa poupée avec une caisse de pinard en bois, un Ducru-Beaucaillou de 1982. Et une autre fois où elle avait mis le feu à mon journal pour s'amuser. Même qu'elle avait brûlé la toile cirée de Simone qui n'était pas contente.

Il reremplit son verre que Vincent lui enleva des mains avant de le boire.

— T'as assez tisané pour aujourd'hui. Tu vas être noir comme un téléphone en bakélite de la Deuxième Guerre mondiale. Au lieu de nous raconter la Musaraigne, parle-moi d'Aline Dumas, la chercheuse en physique quantique qui fait des allers-retours entre la recherche fondamentale et la recherche appliquée, cette femme que ses collègues n'arrivent pas à suivre. Comment elle vit, est-ce qu'elle a un mec, est-ce qu'elle fait la java ? Fais ta part du job et aide-nous au lieu de te lamenter. On va te la retrouver, ta bestiole.

En entendant le surnom d'Aline Dumas, Dédé éclata en sanglots et les amis attendirent de longues minutes qu'il se calme.

— Dédé, t'as déjà entendu parler de la source d'eau les Abatilles d'Arcachon ?

Il opina mollement.

— Oui, mon voisin Marcel, il en prend des fois. Mais faut être habitué. Il coupe son pastis avec ça. Moi, j'aurais pas trop confiance. Faut jamais oublier que l'eau peut transmettre la typhoïde, le choléra, l'hépatite et j'en passe. Il vit dangereusement le Marcel.

— Eh bien, tu vas essayer parce que tu m'as l'air gazé comme un renard pris au terrier. T'es caramélisé. Cause-nous d'Aline s'il te plaît.

— La pauvrette, quand j'y pense... Ces derniers temps, elle n'avait pas de chance. On lui avait trouvé un sérieux problème de santé. Elle était très fatiguée, se plaignait de crampes, et elle avait toujours froid. Sa mère disait qu'elle travaillait trop. J'en ai parlé à mon docteur, celui qui est installé entre l'église et la pharmacie, qui l'a adressée à un spécialiste de Bordeaux, et on lui a diagnostiqué une hypothyroïdie. Rien que ça ! On lui a dit qu'elle ne risquait rien mais qu'il fallait qu'elle prenne un médicament à vie. Ça m'a fait faire du souci. Parce qu'en plus, en ce moment y a une pénurie de ce médicament en France, avec des ruptures de stock à répétition. Faut anticiper et pour être sûr d'en avoir, faut que ta pharmacie soit avertie.

Si tu dois voyager, faut prévoir, si c'est pas du souci tout ça…

— Et c'est quoi, ce médicament ?

— Levo… machin chose, je sais plus.

Vincent lança une rapide recherche sur son téléphone mobile avant d'interroger Dédé.

— Levothyrox ?

— C'est ça. J'imagine que les salauds qui l'ont enlevée n'ont pas pensé à ses médicaments.

Vincent essaya de réprimer son excitation.

— Putain de moine ! J'espère bien qu'ils n'y ont pas pensé. Écoutez-moi, bande de couillons. Ça, c'est un tuyau d'enfer. On sait qu'elle est à Arcachon. On sait qu'il lui faut du Levothyrox. C'est pas compliqué. On va faire le tour des pharmacies en commençant par celles du cours Lamarque et en élargissant. On devrait y arriver. Ensuite, on continue à surveiller le fourgon noir. S'ils ne se pointent pas pour payer le stationnement, c'est qu'ils l'ont lâché. Et s'ils l'ont lâché, il leur faut une nouvelle bagnole. On va faire le tour des sociétés de locations de voitures. Et pour finir, on a les coordonnées de la carte American Express qu'ils utilisent. Et il se trouve que j'ai un bon copain au service de sécurité d'Amex, Jean Schneider. On était à l'école de police ensemble. Ensuite il a fait cinq ans à la brigade financière et, contrairement à moi, il a tout compris très vite. Il a quitté la maison poulaga en courant, il s'est enfui dans le privé, et maintenant il est chef de la sécurité d'American Express pour l'Europe. Sa connaissance de la police lui permet d'actionner le bon flic au bon endroit, dans le bon service de la bonne ville, pour serrer au bon moment des escrocs, et toujours en flag. Du velours… Et chez Amex, t'as pas trop le droit à l'erreur. Quand un Arabe fait les bijouteries de la place Vendôme à Paris les unes après les autres avec une American Express Platinium et une morue maquillée comme une BMW volée au bras droit, faut pas te gourer. Soit t'as affaire à un escroc pavlovien qui vient d'être élargi des Baumettes pour cause d'erreur de procédure, soit à un authentique émir bardé de barils de pétrole qui est en train de se faire éponger par une travailleuse du chibre, une stakhanoviste du zigomard. T'es entre un « crâne », un beau mec, une truffe et l'incident diplomatique international. Tu sais pas si tu vas prendre une lettre de félicitations et une gratification mahousse, ou si les émirats vont suspendre l'approvisionnement en pétrole de toute l'Europe parce que t'as serré un petit-cousin du prince Abdallah qui vient se décongestionner à Paname. C'est pour ça qu'un mec solide comme Jean chez Amex, c'est vachement précieux. Avec lui tu sais où tu fous les panards. Je vais lui demander de tracer la carte des ravisseurs et de me tenir au courant des utilisations en temps réel. Il fera sans en off pour moi. Rassurez-vous, c'est parfaitement illégal. Et pour finir… Ces salopards sont bien quelque part, dans une maison ou un appartement loué. On va faire le tour des agences jusqu'à trouver une villa louée à un Chinois quelconque ou un précisément nommé Zi Chen.

Tovaritch laissa échapper un puissant soupir.

— Mais tu rêves ! Le Dédé, il est sur le toit. On n'est que trois à être opérationnels. Comment veux-tu qu'on planque le fourgon, qu'on fasse le tour des pharmacies, des agences de location de bagnoles et des agences immobilières ?

— C'est simple. D'abord, Dédé va arrêter de faire le con et va se charger des agences de location de voitures. Dédé, puisque tu sais pas te servir d'internet, Tatiana va te faire la liste des agences à partir du centre d'Arcachon. Demain, tu prends ta bagnole et tu les démarches. Mission et objectif : tu es agent privé de recherches, tu bosses pour le cabinet Lescarret d'Aire-sur-Adour. Tu recherches un Chinois qui peut se nommer Zi Chen, qui loue des voitures, paie très bien et les rend en parfait état. Tu le précises, sinon ils vont le foutre dehors quand il va se pointer pour louer une caisse. Tu veux juste connaître le type et le numéro du véhicule, et la date de restitution. Tu demandes à l'employé qu'il te passe un coup de fil et tu lui dis que si le tuyau est bon il touchera cinq cents euros. Gégé, tu fais les pharmacies, même mission, même objectif, mais bien sûr au sujet des médocs. Toto et moi, on ne sera pas loin de vous parce qu'on va planquer le fourgon. Si le Niakoué se pointe, on lui fout une double filoche, un devant, un derrière, en tenaille. il ne va pas nous échapper et devrait nous amener gentiment chez lui. S'il nous détronche, on le serre, en le secouant comme il faut. S'il a les clefs du fourgon sur lui, on part avec, et on l'emmène faire une promenade de santé au bord de la mer pour se remplir les poumons de l'air iodé de notre belle région. S'il n'a pas les clefs sur lui, on prend la Mégane. Je conduis, Toto à l'arrière lui fout des baffes, la sécurité enfant verrouillée sur les portières arrière au cas où il veuille se dégourdir les jambes. Soit il nous dit où est Aline, soit on le fout à la mer.

— Vous ne pouvez pas faire ça ! s'écria Sophie.

— On fait quoi alors ? Y a urgence, la vie d'une personne est en danger, c'est un cas de force majeure. En cas de péril imminent et pour sauver une vie, on peut tutoyer la légalité. D'abord on va l'entreprendre à la caresse, mais s'il faut on le balance à la baille. Au bout du wharf, y a juste assez d'eau pour ne pas qu'il se fasse mal en touchant le fond, moins de deux mètres, et juste assez pour qu'il ait la trouille, qu'il pense vivre une expérience de mort imminente. Il va revenir au bord tout seul en recrachant des sardines, et là on le récupère pour lui passer la deuxième couche si nécessaire. On peut le ramener au bout du wharf pour un autre tour de manège, ou l'emmener creuser sa tombe avec les mains dans la forêt usagère de La Teste.

Ce fut au tour de Tatiana de donner son avis.

— Je désapprouve totalement la méthode, mais je peux pas la condamner.

— Tu devrais faire de la politique.

— Je viens avec vous. Je préfère être présente pour éviter les débordements. Les hommes entre eux peuvent dépasser les limites, perdre les pédales, se laisser aller à des actes contraires au but poursuivi et ensuite ils le regrettent.

— T'as raison. Tes années au SVR[1] nous seront peut-être utiles. Maintenant, on va dîner, et après on bosse. Il faut être en place à Arcachon demain à 8 heures, donc debout à 6 h 30.

Dédé esquissa un sourire.

— D'habitude, quand tu fais le chef, ça me plaît pas trop, mais là je suis content. Je vais avoir l'impression enfin utile. Je crois que j'étais en train de sombrer.

Ça me rappelle une histoire que ma mère me racontait… Je peux ?

1. Service de renseignements extérieurs de la fédération de Russie.

16

Une histoire de grenouilles

— On t'écoute, Dédé.

— C'est l'histoire de deux grenouilles, deux mignonnes petites rainettes aux pattes palmées, aussi gourmandes l'une que l'autre. En se baladant, elles découvrent un saladier plein d'huile qui leur fait bien envie. La plus téméraire s'en approche, monte sur le bord du saladier pour laper l'huile, mais elle glisse et tombe. Son amie s'approche pour lui venir en aide et y tombe à son tour. Mais, malheur! Les parois du saladier sont terriblement glissantes et, les pattes pleines d'huile, elles n'arrivent pas à en sortir. Elles comprennent que la situation est grave. Elles nagent des heures durant, essayent toujours et encore mais en vain d'escalader le saladier. La première, épuisée, démoralisée, annonce à l'autre qu'elle renonce: « J'en ai assez, ça sert à rien, je me laisse mourir, adieu! » et elle se noie. La seconde grenouille, bien qu'affectée par la mort de son amie ne se résigne pas et continue à battre le liquide de ses petites pattes palmées, sans espoir rationnel de s'en sortir. Et soudainement, l'huile, à force d'être brassée, se transforme en mayonnaise compacte. La petite grenouille peut prendre appui sur la matière et sort enfin du saladier, fatiguée mais indemne… Moi, j'étais en train de me noyer.

— C'est pas de l'huile que tu as avalée ?

— Non, du whisky. J'ai évité l'huile de peur d'attraper la chiasse.

C'est alors que le téléphone de Vincent sonna. C'était le commissaire Vidal qui semblait de méchante humeur.

— Qu'est-ce que j'apprends ? Que tu grattes sur mon affaire ! Que tu veux me faire de l'ombre, me faire passer pour un charlot.

— Qui t'a raconté ça ?

— La mère de la disparue. T'es en cheville avec son frère et tu veux faire le mariole. Je t'avertis, je laisse pas passer ça. Si tu continues, j'alerte ton directeur, le préfet de police et je fais remonter l'histoire à Paris. Tu vas nous foirer l'affaire et ça va me retomber dessus. Le contrespionnage, c'est pas ton job, t'y connais rien. Ton truc à toi, c'est les voleurs de bagnoles, les crimes passionnels, le mec qui tue sa femme et qui appelle la police après. Tu vas faire connerie sur connerie et ce sera irrattrapable. Si on retrouve cette femme assassinée, j'ai pas l'intention de porter le chapeau à ta place, je préfère te le dire.

Vincent essaya de contenir sa colère.

— Au lieu de t'énerver, dis-moi ce que t'as comme billes.

— Pas grand-chose…

— Ouais, ça veut dire rien. Moi, j'ai de quoi faire. Une bagnole à surveiller, une carte bancaire à tracer plus une piste dont je ne te cause pas. On a même vu un des ravisseurs, nous. Écoute-moi bien Vidal : j'avais l'intention de vérifier et d'approfondir mes tuyaux pendant un jour ou deux, puis de passer la main en te filant le résultat de mes recherches. Mais puisque tu es désagréable avec moi, je continue tout seul en free-lance et t'as qu'à aller te faire foutre !

— Vincent, non, on va pas se fâcher !

— Bonjour chez toi et la bise au chien.

Et il raccrocha en grognant :

— Si c'est pas le bordel, c'est bien imité.

Le coup de fil de Vidal semblait avoir renforcé la détermination de Vincent.

— Dès que Dédé a la liste des agences de location de voitures et Gégé celle des pharmacies, on va se pieuter.

17

La pression monte

Le lendemain matin, la maisonnée commença à s'agiter peu après le lever du soleil. Vincent, réveillé par le gargouillis de la cafetière et l'odeur du café l'accompagnant rejoignit un Dédé rasé de près, habillé de pied en cap et préparant le petit-déjeuner, tout en apprenant par cœur la liste des sociétés de location de voitures d'Arcachon. Gégé et Toto émergèrent à leur tour de leur chambre, fin prêts.

— Bien, les gars. Les téléphones sont chargés ?

S'ensuivit des hochements d'approbation.

— On s'enfouraille ? demanda Toto

— Pas la peine. Aujourd'hui on renifle, pas d'interpellation en vue. Quel est l'objectif? Localiser Aline Dumas sans foutre le bazar, sans se faire détroncher, c'est-à-dire sans que les ravisseurs soient tentés de s'arracher avec elle ou, pirc, de s'en débarrasser.

— Es-tu sûr qu'ils sont encore dans la région ?

— Comment le serais-je ? Ce qui est établi, c'est que pour l'instant ils ne se sont pas enfuis avec elle. Peut-être espèrent-ils accéder aux résultats de ses recherches qu'elle a planqués par là avant de prendre le large avec elle ou de la liquider, je n'en sais rien.

Arrivés à Arcachon, ils se séparèrent. Dédé entreprit son périple avec sa 4L.

— Si tu découvres quelque chose d'important ou d'urgent, tu m'appelles et on arrive.

Puis ce fut le tour de Gégé et Tatiana qui descendirent de voiture pour continuer en piétons.

— À plus tard, les gars.

Vincent et Andreï prirent leurs quartiers dans le bar en face duquel était stationné le fourgon.

Une demi-heure plus tard, ils virent arriver une voiture de police sérigraphiée qui se gara derrière le fourgon. Deux policiers en descendirent, firent plusieurs fois le tour du véhicule avant de se poster devant en attendant manifestement quelque chose ou quelqu'un.

Vincent explosa et d'un violent coup de poing sur la table renversa son café.

— Putain, j'y crois pas ! C'est quoi ce bordel ? On se fait éventer par les bleus... Quelle merde !

Tout à sa colère, il traversa la rue sans précaution, provoquant un coup de klaxon indigné d'un automobiliste.

— Qu'est-ce que vous faites là, bande d'abrutis ordinaires ?!

Les policiers se regardèrent avant de réagir. Le plus fort des deux souriait à l'idée d'une interpellation mouvementée. Il choisit la provocation.

— Parce que c'est à vous, le fourgon ?

— Non, les mecs. Il n'est pas à moi. Commissaire Laffargue, police judiciaire. Je suis en train de planquer ce véhicule. En le faisant enlever, vous me niquez mon affaire.

— Peut-être, mais il est au fichier des véhicules volés, votre fourgon.

— Qui l'a signalé ?

— D'après le centre d'information et de commandement, c'est la DGSI. On a ordre de l'enlever et de le foutre en fourrière.

Vincent ne décolérait pas.

Il y a toujours autant de cons dans cette boutique. Maintenant, c'est trop tard, c'est perdu. Faites ce que vous avez à faire. Nous, on dégage d'ici pour éviter de se faire repérer pour rien.

Vincent réintégra le bar, et toujours en proie à la colère, saisissait son téléphone pour appeler Vidal lorsque son appareil sonna. C'était un Gégé passablement excité qui avait du mal à s'exprimer clairement, mais qui, sur injonction de Vincent d'humeur noire, retrouva enfin son calme.

— Pharmacie des Pins Francs, cours Desbiey, quatre boîtes de Levothyrox commandées sur ordonnance du docteur Dupin du Cap Ferret avec la carte Vitale de la bénéficiaire : madame Dumas. Seront disponibles demain à partir de 10 heures.

— Bien. Téléphone à Dédé. Demande-lui le nom du médecin d'Aline pour confirmation. Et repère si on peut planquer aux abords de cette pharmacie. Tiens-moi au courant.

À peine Vincent avait-il raccroché que son téléphone sonna à nouveau.

— C'est Jean, d'Amex Paris. J'ai quelque chose de marrant pour toi.

— Au point où j'en suis… Raconte-moi qu'ils ont acheté de la laine à tricoter sur un site marchand par correspondance. Et c'est à livrer où ? À Vladivostok ou à Cherrapunji ?

— Ils ne se laissent pas mourir de faim en tout cas, tes mecs. Ils ont commandé pour quatre-vingt-dix euros de boustifaille au restaurant vietnamien « Aux délices de Saïgon », rue Jéhenne à Arcachon.

— Merde, on a raté ça.

— Pas du tout. J'ai contacté le restaurant. C'est à livrer ce soir à 19 heures. Avenue Régnauld.

Vincent raccrocha et, tout sourire, improvisa un pas de danse devant un Tovaritch inquiet. Puis il se laissa aller.

— Toto, on va les niquer ! Je vais leur faire bouffer leurs samoussas, moi, tu vas voir ça. Je vais leur passer le goût des nems, aux tireurs de pousse-pousse.

Mais le téléphone de Vincent recommença à sonner. C'était Dédé, aussi excité qu'un acarien au salon international de la moquette de Dortmund.

— Putain de moine syphilitique ! Ils viennent de louer un fourgon sept places chez Europcar, un Ford gris immatriculé GB 617 XY.

— À quel nom ?

— Chen !

— À tes souhaits.

— T'es con. Chen, c'est le nom. Ils ont payé avec l'American Express. Et y a un truc bizarre. Ils ont demandé s'ils pouvaient laisser le véhicule à l'aéroport de Bordeaux-Mérignac, Toulouse ou Roissy-Charles-De-Gaulle.

— Parfait. Rejoins-nous au troquet cours Lamarque, on va faire le point.

Emporté par son enthousiasme Vincent raccrocha en jetant son téléphone sur la table.

— On est bien, Toto, on est bien ! Une sonnette sur la pharmacie, un rencard pour la livraison de bouffe, on sait qu'ils ont lâché le fourgon mais on a déjà l'immatriculation du nouveau, il ne nous manque que leur planque. Ils sont pris en tenailles par le petit père Laffargue, ils vont tomber comme des mouches, les dévoreurs de pangolin. On va leur secouer la grande muraille de l'empire du milieu à ces comiques, tu vas voir. Franchement, je suis assez fier de moi.

— Chante pas si vite, beau merle. On n'a pas encore récupéré la Musaraigne de Dédé.

— En attendant que Dédé et Gégé nous rejoignent, commande deux Jack Daniel's à l'aubergiste pendant que j'appelle cet abruti de Vidal pour lui remonter les bretelles.

— Dis-moi, Ducon, comment t'as su que les ravisseurs utilisaient un fourgon Mercedes noir ?

— Laffargue, ne me parle pas sur ce ton ! Je te l'interdis. On n'a rien en commun et je n'ai rien à te dire. Tu te prends pour qui ? Avec tes méthodes de voyou, tes pratiques sulfureuses, t'es la honte de la police nationale.

— Sauf que t'as diffusé le fourgon alors que je le planquais dans une rue d'Arcachon et que des mecs venaient raquer régulièrement le stationnement, que le fourgon a été enlevé par les bleus et que maintenant le fil est coupé... à cause de toi, Ducon. Si tu continues à me fatiguer, j'appelle ton dirlo pour lui raconter comment tu viens de foirer l'affaire, il va être content de toi. Et je vais en profiter pour lui envoyer des photos de toi en caleçon, couché par terre, ton calibre sur la nuque. Lui qui te prend pour un tigre, il va être déçu, non ? Alors je répète ma question : comment as-tu su que les ravisseurs utilisaient ce fourgon ?

— Par la mère de la disparue.

— Tiens donc ! Et comment se fait-il ?

— Elle l'a appris de son frère qui est l'oncle et le parrain de la victime.

— Encore ! Je comprends mieux, c'est Dédé, il est pas étanche. Et maintenant, Vidal qu'est-ce qu'on fait ? Et quand tu sauras, abruti, que ce fourgon était équipé d'une balise GPS et qu'on pouvait le suivre à la trace, tu vas regretter de l'avoir fait enlever.

— Et tu sais ça comment ?

— Devine... J'ai établi une relation de confiance avec le loueur, voilà tout. Toi, t'aurais fait quoi ? Tu ne te serais pas déplacé. Tu lui aurais passé un coup de fil ? Ou mieux ! Tu l'aurais convoqué au bureau pour lui foutre la trouille et lui faire perdre une demi-journée de travail. C'est ça ?

— Et on va faire comment maintenant ? T'as pas une piste, Vincent ?

— Voilà que tu m'appelles par mon petit nom ! J'ai aucune piste, rien du tout, que nibe. On va se contenter d'attendre de découvrir le cadavre putréfié ou coupé en morceaux d'Aline Dumas et de lire dans la presse locale un article sur ce fait divers aussi sordide que mystérieux. On essayera de faire croire à un crime de pervers sexuel, de serial killer itinérant, de rôdeur ou même à un crime passionnel d'un amoureux éconduit. À moins que, plus prosaïquement, je cause aux journalistes de la bavure impardonnable d'un commissaire maladroit de la DGSI qui neutralise le véhicule des ravisseurs équipé d'une balise GPS, ce qui les met dans l'obligation d'en utiliser un autre, totalement inconnu de la police. Et que ces ravisseurs ont probablement paniqué à cause du même commissaire et ont exécuté leur otage au lieu de le libérer… Si le journal *Sud Ouest* sort cette info, tu vas pas avoir les cuisses propres, mon pauvre Vidal. On est mal, coco, on est mal. Il paraît qu'au centre Leclerc de Villenave-d'Ornon, ils cherchent un vigile ou un gardien de nuit, tu peux toujours voir… C'est pas un boulot marrant mais au moins, là, tu pourras pas faire de conneries, à part t'endormir en sursaut, peut-être…

— Laffargue, t'es une ordure !

— Je sais, on me le dit souvent. La bise au chien, Vidal.

18

Loupé!

Une demi-heure plus tard, les cinq amis se réunissaient en conseil de guerre dans le bistrot du cours Lamarque sous la direction d'un Vincent passablement excité.

— Voilà le programme. On va assurer la livraison de bouffe du restau vietnamien à 19 heures avenue Régnauld, à l'entrée du parc mauresque. Gégé va faire le livreur en partant de la gargote rue Jéhenne à vélo jusqu'au point de livraison.

— Comment faire ?

— C'est simple. Schneider a averti le restaurateur qu'on allait prendre l'affaire en main. On va louer au livreur sa bécane et son téléphone mobile pour une petite demi-heure contre cent euros. Toto et moi, on s'embusque à l'entrée du parc mauresque. On attend que le client vienne au contact de Gégé et on le saute. À trois sur lui, ça m'étonnerait qu'il fasse le mariole.

— Et Tatiana et moi, on sert à rien ? s'inquiéta Dédé.

— Vous restez gentiment ici, en stand-by. Si on a besoin de vous, on vous appelle.

Jean Schneider avait bien conditionné le restaurateur qui, bien qu'inquiet, n'osa pas refuser sa participation à l'opération. Vincent fit les dernières recommandations à Gégé.

— Heureusement que tu sais faire du vélo. Mets ta chasuble fluo, je suis sûr qu'elle va bien t'aller. Et bouffe pas les rouleaux de printemps en cours de route. On y va…

Une demi-heure plus tard, Vincent et Tovaritch, embusqués dans une haie de buis de l'entrée du parc mauresque, virent arriver Gégé pédalant nonchalamment sur le vélo-cargo. La tension montait. Soudain, Gégé stoppa son vélo pour répondre au téléphone avant de raccrocher rapidement en haussant les épaules, dépité. Il savait que les deux amis le voyaient mais ne pouvaient deviner la teneur de l'appel qu'il venait de recevoir. Il descendit de sa bicyclette, puis, prenant le volumineux sac de papier, se dirigea à pied vers l'intérieur du parc mauresque.

— Mais qu'est-ce qu'il fait, cet abruti? grogna Vincent depuis leur cachette.

Gégé déposa le sac devant une poubelle et rebroussa chemin lentement, comme à regret. Vincent commenta.

— Ils sont méfiants, ces enfoirés… Le paquet à découvert, cinquante mètres dégagés tout autour, on peut pas approcher sans se faire repérer, c'est des pros… On bouge pas…

Gégé enfourcha son vélo et s'éloigna. Vincent répéta: « On bouge pas ».

— Mais j'ai envie d'éternuer, lâcha Tovaritch, je suis allergique au buis.

— Fallait le dire plus tôt, imbécile. On aurait demandé à la mairie de planter des fusains.

Le bruit d'un moteur approchant à faible vitesse envahit soudainement le silence du parc et l'ombre d'un fourgon sombre, tous feux éteints, sortit lentement de l'obscurité. Le véhicule passa devant le paquet et poursuivit sa route en s'éloignant du parc.

— Qu'est-ce qu'ils foutent ? interrogea Tovaritch à voix basse.

— Regarde, couillon ! Le paquet a disparu. Ils l'ont pris au vol par la portière latérale coulissante, sans s'arrêter. Ils nous ont enfumés. Et on est à pied ! On peut même pas les filocher. Et cet idiot de Gégé qui est reparti avec son vélo. On a l'air fin…

— On aurait dû leur filer de la mort-aux-rats dans leurs nems, s'énerva Tovaritch.

— T'as raison. Et s'ils en font manger à la petite… Mais c'est peut-être pas si grave. À mon avis ils ne nous ont pas reniflés. Ils ont simplement joué un coup de sécurité, à tout hasard, méfiants comme un Corse devant un contrat de travail. Ils avaient bien repéré les lieux, et nous, on est à pinces. C'est des bons… mais pas autant que nous ! On va les crever demain matin à la pharmacie, et à coups de suppositoires s'il le faut, mais on va les avoir… Non mais !

Penauds, ils rejoignirent le camp de base du bar du cours Lamarque.

— On boit un coup et on rentre au Ferret. Demain, la vengeance va être terrible. On va les ratatiner, les massacrer, même s'il faut transformer la pharmacie du cours Desbiey en scène de crime, en salle de tortures. Ça commence à bien faire.

Dédé soupira profondément.

— Il est 20 h 30. Pour revenir au Ferret, il faut faire le tour du Bassin. Soixante-dix bornes en voiture et plus d'une heure, au lieu de dix minutes en bateau. On va pas faire ça tous les jours ! On va s'organiser pour traverser avec la navette de l'UBA[1].

Vincent approuva.

— Pas con. On va laisser une voiture au port d'Arcachon et l'autre à l'embarcadère de Bélisaire au Ferret, et on gagnera du temps. Demain, il faut se lever tôt pour être à la pharmacie des Pins Francs à 8 heures. Le temps de conditionner le pharmacien et les employés, il sera 9 heures, heure à partir de laquelle ils peuvent se pointer pour chercher le Levothyrox. Tatiana et Dédé, vous resterez au Ferret. Toto, Gégé et moi pour l'interpellation, ça suffira…

Une contrariété muette envahit les visages des deux délaissés.

1. Union des bateliers arcachonnais.

19

Une souricière

C'est avec une certaine fraîcheur que, le lendemain matin, le trio fut accueilli à la pharmacie des Pins Francs. Vincent expliqua par le menu à une préparatrice réticente leur projet de s'embusquer dans l'arrière-boutique de l'officine pour surveiller le plus discrètement possible l'arrivée des clients. Mais il ne semblait pas inspirer confiance à l'employée qui multiplia les arguments pour leur en refuser l'accès avant de renoncer devant son insistance, et de dépit, faire appel au pharmacien. Le praticien, un quinquagénaire décharné aux cheveux gris, au regard glacial et au front plissé par l'agacement s'avança, l'air hautain, avec la ferme intention d'éconduire les importuns, mais Vincent le retourna.

— Il serait étonnant qu'un auxiliaire de santé de notre République refuse son concours à une action de police qui a pour but de libérer une personne vulnérable séquestrée par des criminels et dont la vie ne tient plus qu'à un fil. Une opportunité se présente, celle de l'arracher à des mains barbares aux desseins homicides et ce avec votre aide. Vous avez l'étoffe d'un héros, c'est à croire que la destinée vous a choisi. Mais si le corps affreusement mutilé de cette pauvre femme venait à être découvert aux abords immédiats de votre pharmacie, dans les heures qui suivent votre refus, vous risquez devoir vous expliquer devant votre conscience, votre confesseur mais aussi une forêt de micros tendus sous votre nez par toutes les télévisions d'Europe. Vous allez jeter l'opprobre sur la respectable profession des apothicaires de France, profession jusque-là admirée de nos concitoyens. Des hordes de gens révoltés viendront saccager votre commerce, briser les vitrines. J'imagine la consternation du président de l'ordre national des pharmaciens devant pareille horreur. Vous faites comme vous voulez, mais je ne voudrais pas être à votre place, et vivre jusqu'à la fin de mes jours avec la mort d'une innocente sur la conscience, sous les regards lourds de reproches des membres de ma famille, de mon entourage, et même de mes voisins.

Le pharmacien, agacé, tapa fébrilement du pied sur le carrelage avant de couper court.

— Bon, ça va, ça va ! Mais jusqu'à midi seulement. Vous restez à l'arrière, vous ne gênez pas le travail du personnel, vous ne faites pas de bruit. Vous respectez la discrétion des lieux.

— Mais s'ils ne viennent pas ce matin ?

— Vous vous débrouillerez autrement ; en installant une surveillance à l'extérieur par exemple. C'est votre boulot. Je suis pas policier, moi. Au revoir messieurs.

Puis, se tournant vers l'employée.

— Suzanne, occupez-vous de ces gens, donnez-leur des tabourets.

Le trio s'installa en rang d'oignons dans la pénombre de l'arrière-boutique dont l'éclairage avait été baissé. Tovaritch grommelait.

— T'as vu ce pisse-vinaigre, ce peine-à-jouir, cet hypocondriaque ! Les mecs émaciés comme celui-là, les leptosomes schizoïdes de ce style, je les aime pas. C'est des chieurs, des méchants, des atrabilaires, des vindicatifs. C'est le genre végétarien qui ne boit que de l'eau minérale, et toujours de la même marque. Ce mec, il copule une fois tous les trois mois dans un silence de sépulture et dans l'obscurité la plus totale. Et quand il a envie de se marrer, il se fait faire une prise de sang ou une coloscopie. C'est un vaccin contre le bonheur, ce gus, un médicament contre la rigolade, une purge.

— Tais-toi donc ! Écoutez-moi au lieu de dire des conneries. Faut qu'on se cale : si Aline Dumas se pointe seule et réclame ses médocs, on la verra au comptoir et la préparatrice est censée nous faire un signe. Toto et moi on l'entoure et Gégé gicle dehors pour voir si y a pas un Chinois qui traîne sur le trottoir. Le plus important c'est de récupérer la Musaraigne. L'Asiatique à la limite on s'en fout, s'il s'arrache c'est pas trop grave. Maintenant, si c'est un Chinois tout seul qui vient chercher le Levothyrox, on se met tous les trois dessus, on l'exfiltre gentiment pour lui causer dehors, mais surtout on évite de perturber l'atmosphère feutrée du commerce. Vous avez vu comme moi que c'est une pharmacie pour petits vieux dorés sur tranche à comorbidités incorporées et caniche abricot, installés dans la région à l'issue d'une vie laborieuse en attendant de claboter par inadvertance, comme s'éteint un vieux cierge oublié dans une chapelle de la banlieue de Barbezieux. Donc, on est stylé, élégant, discret, à la façon du majordome d'un vieux lord anglais ou d'un général de l'armée des Indes.

— Ça fait pas un peu beaucoup, tout ça ? s'inquiéta Tovaritch.

— T'inquiète pas, s'il faut on improvisera avec brio, comme on a toujours fait. L'improvisation, c'est à ça qu'on reconnaît le talent, le vrai.

20

Quand ça veut pas

9 h 58 : un Asiatique d'une trentaine d'années athlétique, accompagné d'une jeune femme blonde, pousse la porte vitrée de la pharmacie, entre et se dirige vers le comptoir.

Vincent réagit instantanément et lance ses ordres.

— Toto avec moi, on serre le Chinois ! Gégé, tu éloignes Aline Dumas et tu ne la lâches pas. On y va !

Dix secondes plus tard, Gégé empoignait la jeune femme par le bras droit et l'abritait autoritairement derrière un présentoir de produits cosmétiques, pendant que Vincent et Toto encadraient son chaperon et tentaient de le jeter au sol. L'homme refusa de se soumettre et se rebella avec une vivacité et une force surprenantes. D'un de-ashi-barai extrêmement rapide, il projeta Vincent qui tomba lourdement à plat dos sur le carrelage, le souffle totalement coupé. Tovaritch, aveuglé par la colère, balança à l'homme une de ces baffes gigantesques dont il avait le secret. D'une puissance inouïe et assénée à l'aide d'un battoir monstrueux, elle assomma le destinataire. L'homme tomba à genoux, sonné, avant de s'affaler lentement au sol, en lâchant une sorte de gémissement incongru et interminable. Au milieu des cris et glapissements des personnes présentes dans la pharmacie, Tovaritch aida Vincent à se relever.

— Tu l'as bien séché, cet enfoiré, il est mûr, à point. T'as vu comme il m'a foutu par terre avec ses chinoiseries, genre Bruce Lee ?

— C'est que du cinéma de série B. Une tarte à la russe et t'as vu ton karatéka de carnaval, il est sur le toit, tout niqué, hors service, aux abonnés absents. Ils sont incroyables ces mecs, ils veulent faire dans le sophistiqué avec des gestes à la con, façon sadique et vicelard, et ils supportent pas l'adversité. Une torgnole et ils sont décalqués.

Mais les exclamations continues les tirèrent vite de leur dialogue technique.

— Vous pouvez pas arrêter de piailler ! lança Tovaritch à la préparatrice terrorisée.

— Appelez la police, appelez la police ! hurlait l'employée. Ils ont essayé de tuer le docteur N'Guyen et ils séquestrent sa femme.

Le vieux pharmacien maigrelet avait perdu toute sa superbe et son autorité cassante. Il était devenu muet. La tête dans les épaules, il se rétrécissait peu à peu en adoptant progressivement un teint de jade du plus bel effet. Le Russe comprit que quelque chose n'était pas normal et se renfrogna.

— C'est quoi ce bordel, demanda-t-il au pharmacien sur un ton peu amène.

Mais l'apothicaire terrifié et tremblotant se contenta de bredouiller d'une voix inaudible.

— Le docteur N'Guyen, le docteur N'Guyen.

Tovaritch s'énerva.

— Précise ! Qu'est-ce qu'il a le docteur N'Guyen ?

— Vous l'avez massacré. Il est inanimé, il va peut-être mourir.

— Pourquoi, tu le connais, ce Chinois ?

— Bien sûr. Il est médecin à l'hôpital Jean-Hameau de La Teste et c'est un ami. Sa femme aussi travaille à l'hôpital. Et lui, il est professeur d'arts martiaux. Vous l'avez tué.

— Je l'ai pas tué ; tout de suite les grands mots ; je lui ai juste mis une baffe. D'ailleurs, regarde, il bouge encore, il est pas crevé. C'est vrai qu'il a une sale gueule, mais comme je le connais pas, je peux pas comparer et vous dire si ça a quelque chose à voir avec notre échange de politesses. Faudrait pas non plus abuser de la situation et me mettre sur le dos sa disgrâce physique congénitale.

Gégé s'avança en soutenant madame N'Guyen, l'air désolé.

— Il va falloir envisager l'hypothèse d'un regrettable malentendu.

Pierre N'Guyen reprenait progressivement ses esprits. Vincent en profita pour tenter une conciliation.

— Je suis désolé, docteur, mais c'est vous qui avez commencé avec votre truc à la con.

— De-ashi-barai.

— C'est ça. Heureusement que monsieur Andreï Tovaritch ici présent a volé à mon secours pour m'arracher de vos mains, sinon vous m'auriez gravement blessé ! Quelle violence, quelle brutalité ! Votre intention homicide était claire et pourrait vous conduire à répondre de vos actes devant un tribunal de notre bon pays.

— Pas du tout, je vous ai seulement déséquilibré.

Puis le docteur N'Guyen désigna Andreï Tovaritch.

— Cet homme pratique les sports de combat ?

— C'est le plus grand spécialiste de la tarte moscovite de l'ex-URSS. C'est un truc local, un peu comme la flamenkuche alsacienne, mais en plus épicé. Il n'a pas son pareil entre la Volga et la Neva. Depuis qu'il est en France, pour ne pas perdre la main, il joue à la pelote basque. Je crois qu'on va en rester là, n'est-ce pas ? On a mis un peu d'animation dans l'officine qui manquait de vie mais on n'a rien cassé, c'est le principal.

Quelques ronds de jambe plus tard, Vincent lançait le signal du départ.

— C'est pas qu'on s'ennuie avec vous, mais on a fort à faire. Mesdames, messieurs...

Puis une fois dehors :

— On se replie sur le rade cours Lamarque, on n'est pas bien. Je pense même qu'on est mal.

21

Ciel, les gendarmes !

Attablés à La Marée, ils passèrent leur commande de boissons avant de s'interroger.

— On pourrait déjeuner ici, non ? Ça nous laisse le temps de réfléchir. Et comme on a rien d'autre à faire cet après-midi…

Vincent était dépité et inquiet.

— On avait deux opportunités, deux embellies, la livraison de bouffe et la pharmacie, et elles ont foiré toutes les deux, c'est pas possible. Qu'est-ce qu'il nous reste ? Que dalle. Vous allez voir la tête de Dédé ce soir. J'ai l'impression qu'on va pas se marrer. Ça va être la veillée funèbre au Ferret.

Gégé intervint.

— On a tout de même les coordonnées de leur nouveau véhicule, un fourgon Ford de couleur grise.

— Immatriculé GB 617 XY, je sais. Mais va essayer de retrouver ce fourgon, objecta Vincent.

— Si on ratisse toutes les rues d'Arcachon à pied et en voiture, on peut y arriver.

— Je connais peut-être pas aussi bien Arcachon que Dédé, mais je peux te dire que de la pointe de l'Aiguillon au Pyla, y a un bout. La ville d'automne, le quartier du casino et la ville d'été, la ville d'hiver, la ville de printemps, le parc Pereire, les Abatilles, le Moulleau et le Pyla. Et j'en oublie.

Après avoir copieusement déjeuné, c'est d'humeur maussade qu'ils laissèrent leur voiture en stationnement boulevard de la Plage devant le Grand Hôtel pour embarquer à la jetée Thiers sur le bac menant à l'embarcadère de Bélisaire au Cap Ferret. La traversée prouva une fois encore le puissant effet d'apaisement de la mer sur les esprits torturés. Le regard posé sur l'horizon, Vincent, méditatif, essayait de fumer une cigarette qui, attisée par le vent, se consumait à vue d'œil.

À Bélisaire, Dédé, appuyé sur le capot de son antique 4L, les attendait, l'air plus sombre encore que le matin lorsqu'ils l'avaient quitté. Quelque chose de funeste était probablement arrivé. Aline Dumas ?

— Qu'est-ce qu'il y a de neuf, mon bon Dédé ? s'inquiéta Vincent.

— Les gendarmes… marmonna Dédé à regret.

— Tu peux expliquer ? réclama le commissaire en contenant sa contrariété.

— Ils ont appelé à la maison. Nous sommes convoqués.

— « Nous », c'est qui nous ?

— Toi, Toto et moi…

— Et quand ?

— Ils nous attendent. Si on se pointe pas d'ici ce soir, ils viennent nous lever demain matin à l'aube… avec le GIGN. Ils avaient l'air remontés.

— C'est du pipeau, de la flûte, du bluff. Quand tu veux assiéger des mecs, tu les avertis pas. Imagine-toi qu'on leur fasse un Fort Chabrol à l'envers, qu'on les attende à l'extérieur de la baraque et qu'on les prenne à revers… Qu'on les sulfate comme à la parade.

Tovaritch intervint.

— En attendant, j'ai pas envie qu'ils se pointent à la maison alors qu'on a trois cents bouteilles de Haut-Marbuzet et qu'on a déballé toute l'artillerie. Tu vois pas qu'ils nous saisissent le pinard ? On serait mal. Vaut mieux qu'on aille leur rendre visite. Ça ne peut pas être grave. Il y a probablement, et comme souvent, un malentendu à lever, une confusion à éclaircir, un quiproquo à décortiquer, une explication à fournir, une justification à produire. Peut-être veulent-ils recueillir ma plainte pour le délit de fuite dont on a été victimes.

— Prendre ta plainte mais peut-être aussi prendre trois mesures de garde à vue, pauvre truffe. C'est des fourbes, ces mecs, des vicelards qui avancent toujours masqués. Je vais acheter deux paquets de clopes, des biscuits, du chocolat, une bouteille de Coca, des mots fléchés et on y va.

— T'iras faire les courses plus tard, observa Tovaritch.

— Décidément, tu comprends rien à rien. Les courses, c'est au cas où il leur prendrait l'idée saugrenue de nous filer au trou. Qu'au moins on ait de quoi tuer le temps. On y va. Gégé, puisqu'apparemment, toi, tu n'es pas convoqué, tu resteras dans la voiture à l'extérieur, et si on ressort pas de chez les pandores, tu rentres à la maison, tu planques l'artillerie, tu demandes à Mélissa le numéro de téléphone de mon avocat et tu l'appelles.

— Pour lui dire quoi ?

— Ce que tu sais, à savoir qu'on est au trou chez les képis, les bourres, les cognes, les lardus, la maréchaussée… une fois de plus, et qu'il faut qu'il nous sorte de la ratière avant qu'on foute le feu à la gendarmerie et que Dédé prenne la femme de l'adjudant en levrette.

Le quatuor embarqua dans l'antique Renault 4 de Dédé et prit la route du village du Canon où se trouve le siège de la gendarmerie de Lège Cap Ferret.

— Ça pue toujours autant dans ta trapanelle, lança Vincent à Dédé qui roulait à 25 kilomètres heure.

— Tu me le fais remarquer chaque fois. Tu ne t'es pas encore habitué ? Tant qu'il y aura des appâts crevés coincés sous les sièges, ça sentira. C'est une voiture de pêcheur, môssieu ! C'est pas une voiture de flic qui sent la clope et les pieds.

— Tu ne passes pas la quatrième vitesse ?

— Pour cause… C'est une trois vitesses. Et ma voiture, c'est pas une 4L comme tu dis, c'est une Renault 4, môssieu ! De 1968, c'est mon père qui me l'a cédée quand il s'est acheté la quatre vitesses de luxe. Elle est comme neuve. Moteur dit Billancourt en fonte 800 cm^3, 28 chevaux, ils savaient faire des bagnoles à cette époque, électricité 6 volts, sièges hamacs comme tu vois, c'est confortable.

— Ouais, ce que je vois, c'est qu'on est assis par terre.

— Une Renault 4 « L », c'est une Renault 4 de luxe, L comme luxe, et celle-là elle n'est pas de « Luxe ».

— J'avais remarqué. C'est peut-être pour ça que tout le monde se retourne sur notre passage.

— Rigole, si tu veux… Ma bagnole, elle ne pèse que 540 kg, tu réalises ?

— Et alors ?

— Seule la Méhari est moins lourde avec 525 kg. Et alors… En dégonflant légèrement les boudins, je passe dans les pare-feu, dans le sable, je peux rouler sur la plage en hiver, je vais chasser le lapin au Truc Vert. La Porsche Cayenne de Toto, elle fait 2,5 tonnes. Avec elle, si tu prends l'accotement de la route nationale pour aller pisser dans les genêts ou les arbousiers, tu t'ensables, il faut te faire lever par une grue et remorquer par un char d'assaut ! Ou alors tu pisses sur le goudron devant tout le monde ; tu parles d'un luxe, une bagnole d'exhibitionniste, pfffttt !

— Et les zigzags de ta guimbarde, c'est normal ou c'est toi ?

— Y a un peu de jeu dans les rotules de direction, c'est normal. C'est comme l'arthrose des genoux. Mais ça n'a pas que des inconvénients. Quand tu conduis bourré, ça se voit pas.

Le planton de la gendarmerie les reçut fraîchement, se contentant de se lever prestement de sa chaise pour aller avertir l'adjudant commandant la brigade qui fit une apparition immédiate, un inquiétant et irrépressible sourire sardonique aux lèvres.

— Décidément... Encore et toujours vous. Vous et vos acolytes, vous êtes incorrigibles. Toujours mêlés aux affaires les plus glauques, les plus obscures. Et une fois de plus vous allez me dire que vous n'y êtes pour rien, que vous n'avez rien fait, que c'est une erreur judiciaire. Mais comment se fait-il que vous n'ayez pas encore été viré de la police, Laffargue?

Vincent explosa.

— Avant toute chose, remarquez que nous sommes venus au plus vite, dès qu'on a eu connaissance de votre souhait de nous voir. Si vous nous avez fait venir pour nous faire la morale, on va s'en aller, tourner les talons après vous avoir enfoncé le kéboure sur les oreilles et avoir retourné votre tabernacle. Si vous avez quelque chose à nous demander, ou des questions à nous poser, dépêchez-vous, profitez de l'accalmie passagère qui précède généralement la tempête et ses effets dévastateurs.

L'adjudant s'approcha du planton et lui murmura à l'oreille quelque chose qui n'échappa pas à Vincent.

— T'as raison, bouffi. Dis-lui de faire descendre les renforts de leurs appartements. Les pauvres bougres vont louper la fin du match de foot à la télé, tant pis pour eux. J'aurais peut-être dû venir à la mi-temps, j'y ai pas pensé. Tu lui as bien dit de faire descendre au moins deux archers, que vous soyez nettement supérieurs en nombre, histoire de pas vous faire dérouiller bêtement ? Parce que là, pour l'instant, t'es tout seul. Si on veut, on fait le tour de la talanquère, on te fauche ton calibre, on se barre avec et on va le revendre à Saint-Michel. Je crois même que le Dédé, il a comme une envie de te tirer ta boîte à cornes et de se la mettre sur le cigare pour faire le con à fête de La Teste.

De peur d'attiser le courroux du commissaire, l'adjudant, inquiet, choisit de baisser d'un ton en attendant que les renforts appelés arrivent.

— Entrez, asseyez-vous, je vais chercher le dossier.

« Le dossier ? pensa Vincent, zut, c'est qu'il plaisante pas, le juteux, il a quelque chose contre nous. »

— Voilà, voilà, je vous explique, poursuivit l'adjudant. Vous faites l'objet d'une plainte de la part de madame… madame Aline Dumas.

Les trois amis restèrent quelques secondes sans voix, ébahis. Vincent, le premier, reprit pied.

— Plainte à l'encontre de qui, siouplaît ?

Le gendarme se plongea une seconde dans son dossier avant de répondre.

— Alors… contre monsieur André Dubosc, dit Dédé, dit Le Pitoulet, contre le commissaire Lafforgue…

Vincent le coupa.

— Non, non, Laffargue, avec un « a » comme dans tricératops. On dit pas tricérotops. C'est un peu comme ornithorynque mais sans cédille.

L'adjudant réfléchit quelques instants avant de comprendre que Vincent se moquait de lui.

— Non, non, commissaire, vous ne me ferez pas perdre les pédales comme la dernière fois, votre façon d'emboucaner le monde, ça marche pas. Je continue… Et contre le nommé Totovaritch.

Vincent et Dédé éclatèrent de rire pendant que Tovaritch levait le doigt.

— Présent ! Mais y a un morceau en trop…

— Quand vous connaîtrez la suite, vous allez moins rigoler. Je continue… Plainte contre les ci-dessus dénommés pour atteinte à la vie privée, harcèlement moral, violation de domicile, chantage, tentative d'extorsion de fonds et tentative d'escroquerie.

L'adjudant les regarda l'un après l'autre, l'air satisfait.

— Et alors, qu'est-ce que vous en dites ? Ça pique, non ?

Dédé, penché en avant, les coudes en appui sur les genoux, regardait fixement le sol, anéanti.

— C'est pas possible, murmura-t-il, pas ça, pas elle, pas la Musaraigne à Dédé…

— Vous êtes sûr que vous n'avez rien oublié, persifla Vincent, un truc genre dégâts des eaux, ou tapage nocturne ? Vous pouvez nous en dire un peu plus ?

— Tout à fait. Madame Dumas explique qu'elle a droit à une vie privée comme tout le monde, qu'elle peut voir et rencontrer qui bon lui semble, et refuser de voir qui elle veut, qu'elle est libre d'aller et venir et même de disparaître de la circulation si bon lui semble.

— Je plussoie, votre honneur, lâcha Vincent en opinant de la tête.

— Pardon ? interrogea l'adjudant.

— Je disais « je plussoie » et je précise « votre honneur » comme dans les séries américaines à la con que votre belle-mère regarde l'après-midi en s'enfilant du tilleul-verveine à l'aspartame véritable. Si je dis « j'opine », l'un des deux monstres qui m'accompagnent va s'écrier « d'ours ! », ce qui est une façon peu convenable de se moquer de la taille du sexe des ursidés mâles, et je considère qu'il est inutile de stigmatiser une espèce animale déjà menacée d'extinction par la réduction de son biotope et les activités humaines uniquement en raison de la taille de son sexe. Donc je préfère plussoyer. Ne pas confondre avec ployer ou plussoir. Plussoyer, c'est un néologisme moderne. En allemand, ça s'éternue « jawohl ! » et en même temps tu peux faire péter les talons comme les mecs de la Wehrmacht… sauf si t'es en tongs bien sûr, sinon tu te niques les cors au pied.

— Laffargue, vous me faites chier. Je continue. Or, depuis qu'elle a pris ses distances avec son oncle et parrain en raison du comportement et de l'intempérance d'icelui…

Dédé, interrogatif, se tourna vers Vincent.

— Qui c'est ce gonze ?

Vincent haussa les épaules.

— Icelui ? Bé, c'est toi, couillon !

— Je savais pas.

Le gendarme commençait à montrer des signes de nervosité.

— Je reprends. L'intempérance d'icelui, le dénommé Dubosc, elle fait l'objet de persécutions constantes de la part de cet individu et de ses coreligionnaires Lafforgue et Totovaritch.

Dédé se mit à ricaner en se tapant sur les cuisses tout en se tortillant sur sa chaise.

— Putain de moine ! Elle est bien bonne. Elle vous a pris pour des légionnaires, c'est n'importe quoi. Et en plus, il bégaie !

Vincent intervint.

— Tais-toi donc. Laisse monsieur le gendarme exposer les griefs qui pèsent sur nos frêles épaules.

Le militaire approuva.

— C'est vrai que vous commencez à sérieusement m'emmerder. Je reprends... Les mis en cause la suivent, s'introduisent par effraction dans son domicile. Ils ont provoqué un accident de la circulation entre la voiture de madame Dumas et le véhicule de monsieur Totovaritch, la mettant ainsi gravement en danger et lui causant un préjudice certain. Et pour finir le commissaire Lafforgue, ne reculant devant rien, a essayé de faire croire à la DGSI que madame Dumas était aux mains d'individus d'origine étrangère aux desseins obscurs et inquiétants et qui la séquestraient... Rien que ça... Vous ne reculez décidément devant rien. Cette plainte a été déposée par le conseil de madame Dumas, directement entre les mains du procureur de la République de Bordeaux qui nous l'a transmise en urgence et par télécopie en l'assortissant d'instructions claires que je vous lis : « Bien vouloir procéder à l'identification précise suivie de l'audition des trois individus mis en cause. Leur notifier par procès-verbal qu'à titre conservatoire et sans préjudice de poursuites pénales ultérieures qui pourraient découler de la découverte d'autres infractions connexes, il leur est fait interdiction d'approcher de quelque façon que ce soit madame Dumas, de tenter d'entrer en contact avec elle, fusse par téléphone, mail ou courrier ; leur préciser que toute contravention à cette interdiction sera immédiatement signalée par la plaignante à la gendarmerie, qui procédera à l'interpellation des auteurs et en référera dans les meilleurs délais à l'autorité judiciaire qui prendra les mesures appropriées. »

Le gendarme souligna la gravité de la menace par un sifflement admiratif et respectueux avant de manifester sa satisfaction par un large sourire suivi d'un commentaire.

— Ce qui, en clair, veut dire que vous avez intérêt à raser les murs, faute de quoi je vous fous au trou… Et je ne vous cache pas que ce serait avec une certaine satisfaction que je signerais le billet de garde à vue d'un certain commissaire de police.

Vincent protesta vivement.

— Pourquoi autant d'acrimonie à notre endroit ?

Le gendarme s'énervait de plus en plus.

— Chaque année, chaque été, on a maille à partir avec vous et vos comparses. Et chaque fois, vous vous moquez de nous, vous glissez, vous vous dérobez comme une anguille, vous vous en sortez. Mais ce coup-ci, on va pas vous louper, c'est moi qui vous le dis.

— Vous n'avez rien contre nous, absolument rien, si ce n'est cette lettre-plainte envoyée au Parquet par l'avocate d'Aline Dumas, lettre qui est un concentré de choses fausses et d'allégations sans fondement.

— Détrompez-vous. Avant même la réception de cette plainte, on avait déjà des éléments contre vous, on savait que vous aviez repris vos activités délinquantes.

Vincent sourit en prenant Tovaritch à témoin.

— Toto, tu vois ? Quand je te dis qu'on foutrait la trouille à Al Capone, tu me crois pas.

Le gendarme, tout à sa fureur, lâcha :

— Rigolez, rigolez ! En attendant, on va vous habiller pour l'hiver. En patrouille sur la D 106, on a découvert la voiture accidentée de madame Dumas abandonnée sur le bas-côté, et bizarrement un riverain vous a vu rôder autour de cette voiture. Il a même discuté avec vous et relevé l'immatriculation de votre voiture. Curieux, non ? Et vous prétendez n'être au courant de rien, n'être pour rien dans cette affaire. Et ce n'est pas tout. Est-ce que vous savez ce que fait dans la vie la femme du jeune gendarme Albert ici présent ?

— Si mon orthophoniste me pose la question, je répondrai kinésithérapeute ou péripatéticienne, mais si c'est un gardien de zoo, je dirai qu'elle est caissière à Mammouth.

— Continuez à faire l'imbécile. Elle est préparatrice à la pharmacie des Pins Francs

d'Arcachon, de l'autre côté du Bassin, si vous voyez ce que je veux dire.

— C'est bien pour vous et c'est pratique si vous avez besoin de médicaments sur mesure. Du phosphore pour le cerveau par exemple.

— C'est ça, c'est ça. Elle était là lorsque vous êtes intervenus dans la pharmacie, que vous avez tabassé un client et mis la boutique à sac avant de prendre la fuite. Vous faites dans le racket, l'extorsion de fonds ou la tentative d'enlèvement ? Et vous étendez votre territoire et votre champ d'action à toute la périphérie du Bassin, maintenant ? Bande organisée, association de malfaiteurs ? Plus dure sera la chute, Laffargue… Vous êtes averti.

— Et un Laffargue averti en vaut deux ou trois. Comme on dit en Auvergne, on va vous lécher, on n'a pas que ça à faire. Faut encore qu'on aille relever les compteurs de deux fleurs de bitume et en plus on a laissé une blanquette de veau sur le feu, et ça va prendre au fond. La bise au chien.

Le gendarme, cramoisi, semblait de plus en plus proche de l'apoplexie. Le souffle court, les yeux exorbités, il se contenta de murmurer.

— Je vous aurai averti, Laffargue ! Et je vous aurai. Un jour ou l'autre, mais je vous aurai.

De peur que la situation s'envenime, le trio quitta la gendarmerie sans attendre et sans répondre.

22

Brain storming

Dédé semblait au désespoir. Il arborait sa tête des plus mauvais jours, ce qui poussa Vincent à l'interroger.

— Qu'est-ce que t'as mon bon Dédé ? Les gendarmes t'ont foutu la trouille ?

Le vieil homme haussa ses épaules décharnées et, ému, chercha longuement ses mots avant de répondre.

— Je m'en fous complètement des pandores ; non, ce qui me tue, c'est la Musaraigne qui ne veut plus me voir, qui dépose plainte contre moi, qui me traite d'intempérant. Intempérant, moi ? Tu te rends compte. Est-ce que j'ai une gueule d'intempérant ?

— Non. T'as plutôt une gueule d'atmosphère, tête de lard. Intempérant, ça veut rien dire, mon pauvre. Excessif, immodéré, voilà ce que ça veut dire, c'est tout.

— Ah, bon ! Je préfère ça, je croyais qu'elle voulait dire que je picolais.

— Mais non, mais non, pas toi… Disons que tu fais les choses en grand, que parfois t'es un peu too much. Et que par exemple, quand tu tisanes, tu fais pas semblant, tu éponges sacrément, mais c'est pas grave, c'est signe d'un caractère résolu, entier, un mec qui fait pas les choses à moitié en quelque sorte.

— Mais quand même, Aline… Dire ça de moi, alors que jusqu'à ses 16 ans, on était toujours fourrés ensemble. Je l'emmenais à marée basse à la pêche à pied. Je lui avais fabriqué des patins à sa taille pour marcher sur la vase sans s'enfoncer. Pendant qu'elle ramassait des palourdes et des coques dans son panier en grillage, je foénais les anguilles qui se planquaient sous les algues dans les trous d'eau. Plus petite, je l'emmenais au club Mickey de la plage centrale d'Arcachon, je lui faisais faire des tours sur le manège de monsieur Caramel devant la jetée Thiers. À l'âge de 12 ans, je l'ai inscrite à l'école de voile en face de la poste du Pyla. Et puis tu vois, aujourd'hui elle veut plus me voir, elle dépose plainte contre moi et me traite d'intempérant. Je suis désespéré.

— Arrête donc, Dédé, tu te répètes, c'est que des conneries cette histoire. D'abord, la Musaraigne, elle n'a rien dit, rien écrit. C'est son avocate qui a rédigé ce torchon, pas elle. Si ça se trouve, elles ne se sont même pas rencontrées. Aline s'est contentée de lui téléphoner et l'autre en balançant son courrier au proc, elle a mis le feu, c'est souvent comme ça avec les avocats. Et y a plus grave…

— Quoi t'est-ce ?

— Réfléchis un peu. Tout d'abord, pourquoi a-t-elle fait ça ? Devine…

— Je sais pas.

— Ses ravisseurs ont compris qu'on était sur leurs traces, qu'on leur collait au cul quand ils ont détronché Gégé qui filochait l'un d'eux. Si ça se trouve, ils nous ont également reniflés sur la livraison de bouffe et peut-être même sur le coup de la pharmacie. Ils étaient probablement en arrière-plan et ont tout vu et nous, on n'a vu que dalle. Ensuite ils se sont tournés vers Aline pour savoir qui étaient ceux qui cherchaient à la retrouver. La police, les services français, un service étranger, des proches ? Et Aline a parlé. Elle a parlé de toi, son parrain, de nous, de la bande à Velpeau et de sa réputation… si particulière de la presqu'île du Kamtchatka aux îles Kerguelen. Elle a donné les noms qu'elle connaissait ou dont elle avait entendu parler.

— Tu crois qu'ils lui ont fait du mal pour qu'elle parle ?

— Je ne sais pas. Soit ils ont utilisé la contrainte, la violence et pourquoi pas la torture et les privations, mais j'y crois pas, soit ils l'ont eue à la psychologie, et maintenant elle collabore. Comme si elle était atteinte du syndrome de Stockholm…

— Quèsaco ? C'est encore une maladie à la con, genre typhoïde, scarlatine ou un truc comme ils font maintenant avec les virus à rétroviseur ?

— Non, c'est pas un rétrovirus. Le syndrome de Stockholm, c'est quand l'otage prend fait et cause pour ses ravisseurs. Surprenant, non ? Je t'explique mais j'essaie de faire court. En 1973, à Stockholm en Suède, un mec braque une banque. Son hold-up foire, et il se replie dans la salle des coffres avec quatre employés de banque pour otages. Le temps passe. Malfaiteur et otages font connaissance, se comprennent mutuellement. À la faveur des contacts successifs avec les forces de l'ordre, les otages en arrivent à considérer que la police constitue plus une menace pour eux et pour leur vie que le malfaiteur dont la propre vie est mise en danger par la police. Ils prennent peu à peu le parti du braqueur qui, entretemps, a été rejoint par un comparse. Un sentiment d'empathie et d'estime réciproque s'installe entre eux. Lors de la sortie de la banque, les otages craignent pour la vie des malfaiteurs et font rempart de leurs corps de crainte que la police ne leur tire dessus. Puis avant de se séparer, ravisseurs et otages s'embrassent longuement sous les regards incrédules des policiers. Plus tard, ce sont les otages qui paieront les honoraires d'avocat des malfaiteurs, puis ils iront même leur rendre visite en prison. T'en penses quoi, Dédé ?

— J'en pense que c'est des enfoirés, des tordus.

— C'est peut-être un peu court comme explication.

— Ben, alors explique-moi.

— Pour que ça se passe comme ça, il a fallu que les otages acquièrent confiance et sympathie envers leurs ravisseurs et inversement, qu'ils partagent la même hostilité pour les forces de l'ordre, et pour finir que les malfaiteurs réussissent à convaincre les otages des bonnes raisons pour lesquelles ils commettaient ce braquage. Alors maintenant je transpose. Les Chinois doivent être de fins psychologues. Ils ont probablement déployé des trésors de séduction pour gagner la confiance et la sympathie d'Aline. Comment, j'ai une petite idée. Avant de se lancer dans leur opération, ils ont dû se renseigner sur sa personnalité, son psychisme, ses fonctionnements, son environnement. Par ailleurs, ils ont dû convaincre Aline que ceux qui les traquaient, à savoir nous, étaient des méchants qui en voulaient autant à elle qu'à eux. D'après ce qu'on sait ils sont trois. J'imagine que le commando est composé d'un scientifique pointu sur le sujet sur lequel Aline travaille, d'un psychologue qui ne s'occupe que de son accompagnement mental et de la façon de la manipuler, et pour finir d'un porte-flingue. Si ça se trouve, ils l'ont persuadée qu'il était préférable que sa découverte soit exploitée par les gentils Chinois à des fins strictement civiles et pacifiques, et pour le bien de l'humanité entière, alors que les pays capitalistes de l'Ouest nourrissent le projet d'en faire des applications onéreuses et militaires dans le but d'écraser les pays émergents et de condamner leurs populations à la misère et l'asservissement. Je ne sais pas. Ce qui est sûr, c'est qu'elle leur a parlé de nous, de toi, « l'intempérant », de moi, le chat noir de la police et des deux autres artistes, de la redoutable et redoutée bande à Velpeau. Elle a même dû leur dire qu'on était turbulents et souvent en délicatesse avec les gendarmes qui nous ont pris dans le pif. Les pandores ne nous aiment pas. Chouette ! Une embellie pour les Chinois. Ils nous les balancent dans les pattes. Ils nous neutralisent avec cette plainte d'Aline. Du coup, la justice nous interdit de s'intéresser à elle, de l'approcher, faute de quoi on va au trou. Il suffit qu'elle passe un coup de fil aux pandores pour qu'ils se pointent ventre à terre pour nous serrer, nous faire des misères. Et tu te vois essayer de leur expliquer que la Musaraigne est aux mains des services secrets chinois ? Si tu leur dis ça, ils te font souffler dans le ballon. On est bagués. Tu comprends, Dédé ?

— C'est vicelard…

— Et si ça se trouve, ils se sont aidés de produits chimiques pour arriver à leurs fins. Du GHB ou du Pentothal.

— C'est quoi ça ?

— Le GHB ? C'est une saloperie. On l'appelle aussi la drogue du violeur. Ça désinhibe la victime en créant un état euphorique, ça altère son jugement et facilite l'acceptation des différentes situations et des propositions faites. Tu associes ça à un barbiturique genre Pentothal ou Thiopental, qu'on appelle aussi le sérum de vérité, et tu fais de ta victime un zombie.

— Ma pauvre petite… Quand tu penses qu'il y a cinq minutes, je lui en voulais. Vincent, je suis au désespoir.

— T'as raison, c'est pas brillant, mais réfléchis un peu. Y a un truc très bizarre dans cette affaire, t'as remarqué ?

— Non.

— Eh bien je t'explique. Les trois enfoirés se pointent au village de l'Herbe et enlèvent sans ménagements Aline. Ils fracturent la porte d'entrée de sa cabane, et on retrouve l'intérieur en désordre, ce qui laisse supposer de la part d'Aline une certaine résistance, voire pire, t'es d'accord ?

— Ouais, et c'est bien son genre. Y en a qui ont dû prendre un coup de pied mal placé, qui se sont fait mordre ou griffer la gueule, je te le dis.

— On est d'accord. Ils enlèvent la Musaraigne et qu'est-ce qu'ils font ? Je te le demande, réponds-moi, qu'est-ce qu'ils font ?

— Je sais pas, moi ! Tu m'emmerdes avec tes questions à la con !

— Je vais te le dire. Au lieu de se barrer illico à Pékin, Shanghai ou Shenzhen avec la petite, ils restent sur le bassin d'Arcachon ! Tu le crois ? Ils s'éloignent un peu du Cap Ferret et de son côté village où tout le monde se connaît et où leur présence risque d'être remarquée pour se fondre dans l'anonymat de la ville la plus proche, Arcachon. Et pourquoi, d'après toi ? Pour aller à la pêche à la loubine, aux coustuts, pour faire des roulades sur la dune du Pyla ou jouer au casino ? T'imagines le mal qu'il faut se donner pour avoir une vie clandestine dans un pays étranger, pour trois membres d'une ethnie exogène, pour se fondre dans la population d'une station balnéaire française cossue ? Alors, Dédé, dis-moi : pourquoi ils ne se sont pas barrés avec la Musaraigne sous le bras immédiatement après l'avoir enlevée ?

— Tu commences à me fatiguer avec tes mystères mystérieux. Rentrons chez nous. J'ai comme une envie de me rincer les chicots.

— Eh bien, je vais te le dire, moi.

— Tu parles comme Sarko maintenant ?

— M'emmerde pas, et écoute. Je réfléchis à haute voix, je gamberge en même temps que je te cause.

— Fais gaffe quand même. C'est en faisant deux choses en même temps que mon voisin Marcel a eu un putain d'accident. Il aurait pu se tuer.

— Ah bon !

— Ouais. En allant acheter son pain à la boulangerie Dupouy du centre de La Teste, celle qui est juste à côté de l'auto-école, pas l'autre qu'a été reprise par des Bordelais… Il mâchait du chewing-gum, il est monté sur son vélo et le voilà parti sans réfléchir. Et là, le drame ! Il n'a pas réussi à coordonner les mouvements alternatifs de mâchoires avec la rotation des pieds sur le pédalier du vélo et il s'est cassé la gueule. Paf ! Il s'est vautré devant Le Chiquito, le rade de Roger Faure, l'ancien parachutiste, le président du comité des fêtes. Samedi matin à 11 h 30, le bouge était plein de plaisantins, de joyeux drilles, et autres gais lurons. Y avait les meilleurs, les plus sévères de la Teste, les boulistes, les chasseurs, les turfistes… T'imagines le traquenard ? Tout le monde l'a vu se vautrer le Marcel. Il avait le pif en sang, un pet sur le pimbe, il était minable.

— Et alors ?

— Et alors, comme il pleuvait, ils l'ont fait entrer dans le troquet. Josiane Faure l'a soigné impeccablement mais les copains eux aussi l'ont soigné. Je les connais, c'est des vrais barbares du goulot, des criminels du pichet. Quand il est sorti du bistrot deux heures plus tard, il était fumé comme un hareng. Il est rentré à la maison en poussant péniblement son vélo, mais sans pain, avec l'haleine d'un légionnaire de retour de permission et avec plus de sparadraps sur la tronche que Ramsès II. Il s'est pris une avoinée historique par Ginette qui ne croit toujours pas qu'il s'est fait embusquer par les sauvages du Chiquito. Il avait beau bredouiller que c'était un accident, elle l'a jamais cru. La vie est injuste parfois avec les êtres simples et honnêtes.

— Tu m'empêches de réfléchir, espèce d'abruti. Je répète : pourquoi après avoir enlevé Aline Dumas n'ont-ils pas quitté immédiatement la région ?

— Comment veux-tu que je sache à quoi pensent des mecs qui construisent un mur de six mille kilomètres en pleine brousse et qui mangent des clébards au petit-déjeuner ?

— Eh bien moi je vais te le dire.

— Tu le fais exprès ?

— Quand ils ont capturé la Musaraigne, ils ont voulu s'emparer de ses dossiers, du résultat de ses recherches sur la supraconductivité, mais ils n'ont rien trouvé chez elle. Et elle, elle ne leur a rien dit, ou pire, elle leur a raconté des conneries. Ça, c'était au début, quand elle avait toute sa tête, avant qu'ils lui bourrent le mou, qu'ils la cament, qu'ils lui filent des produits, avant le syndrome de Stockholm. Maintenant ils la séquestrent pour lui faire avouer où elle a planqué ses documents. Si elle avoue, ils s'empareront des dossiers, la relâcheront plus morte que vive et se barreront. Et si elle dit rien, il l'emmèneront avec eux et la tortureront jusqu'à ce qu'elle refasse le boulot dans une cellule lugubre d'un coin paumé de la Chine profonde. Elle est maline, la Musaraigne. Elle s'est débrouillée pour rester dans le coin, à notre portée, en espérant qu'on la retrouve vivante avant que les Chinois se décident à l'exfiltrer. Elle compte sur nous pour remuer ciel et terre, pour la sortir de là avant qu'il soit trop tard. Elle sait que nous sommes sa seule chance et toi, tu nous racontes l'histoire de ton pote Marcel qui s'est cassé la gueule à vélo. T'es complètement à l'est mon pauvre Dédé, paumé, déjanté.

Dédé se mit à pleurnicher.

— T'as raison, Vincent. Je suis paumé, je pédale à côté du vélo. J'ai l'impression de vivre un cauchemar, un mauvais rêve éveillé. Qu'est-ce qu'on peut faire, dis-moi ?

— Commencer par réfléchir. On sait qu'ils disposent d'un fourgon de marque Ford, de couleur grise immatriculé GB 617 XY de sept places, qu'ils sont planqués quelque part à Arcachon, qu'ils cherchent les documents d'Aline… Tu sais ce qu'on va faire ? On va passer Arcachon au peigne fin jusqu'à trouver ce putain de fourgon ou une baraque dans laquelle ils sont susceptibles de se planquer. On va arpenter la ville à pied ou en voiture, rue après rue, de l'aube au crépuscule jusqu'à les retrouver. De la pointe de l'aiguillon au Pyla, on ratisse. On commence demain matin. C'est compris ?

— Oui, chef! T'as raison. Il faut que je me ressaisisse, je suis une loque humaine. En vieillissant je deviens émotif. Si tu m'avais vu quand j'avais 30 ans…

Vincent lui coupa la parole.

— Je sais, je sais. T'aurais sodomisé un taureau de combat sous les yeux du toréador au beau milieu de l'arène de Séville. Autre chose, j'en ai marre de réfléchir tout seul. D'après vous, où est-ce qu'Aline a pu planquer ces fameux documents ?

— À son bureau au CESTA du CEA au Barp.

— Et en français ?

— Au centre d'études scientifiques et techniques d'Aquitaine du commissariat à l'énergie atomique situé au Barp, 33 114. Tu veux pas leur numéro de téléphone ? C'est à quarante kilomètres de l'Herbe. La Musaraigne, elle se vantait de mettre moins de trente minutes pour y aller.

— Tu crois qu'on peut s'introduire clandestinement là-bas ?

— Pourquoi, tu veux leur faire un tour à l'envers ?

— Non, pas moi, mais les Chinois…

— Ils peuvent essayer si ça les amuse. C'est l'un des endroits les mieux surveillés de France. C'est là qu'est implanté le LMJ, le laser Mégajoule. Y a que des crânes d'obus là-bas. Même les balayeurs ont fait polytechnique. Tu veux qu'on aille leur causer ? Ils vont nous prendre pour des gitans et ils vont carillonner les gendarmes, ce qui va, une fois encore, écorner notre réputation auprès de la maréchaussée.

Si elle y a laissé ses documents, les Chinois l'ont dans l'os. Ils peuvent rien sortir.

Tovaritch intervint.

— À moins qu'elle récupère les informations à distance, via internet.

— J'en doute, objecta Vincent. Sachant qu'elle a disparu de la circulation, ils ont dû bloquer son accès au site. Bref, je répète ma question. Où est-ce qu'elle a pu planquer ces documents ? Faites un effort, bazar, réfléchissez ! Vous êtes désespérants. On dirait des holothuries asthéniques. Flic, c'est aussi un boulot d'imagination, d'anticipation.

Dédé réagit.

— T'as raison, Vincent. La cabane d'Aline n'est pas bien grande et elle a l'habitude, quand quelque chose l'encombre, de le mettre chez nous, à La Teste, même que j'en ai plein le garage de son fourbi. Pas plus tard que la semaine dernière, alors que j'étais à la pêche, elle est passée à la maison et elle a laissé une sacoche à Simone. Allez, un truc de plus à entasser au garage ! Elle veut rien jeter, alors elle fout tout chez son parrain, c'est facile pour elle mais des fois, c'est pénible. Bientôt je pourrai plus rentrer la bagnole… Enfin, pauvre gosse !

— Tu déconnes, Dédé ?

— Pourquoi, j'ai l'air ?

— Donc, le pire c'est que tu déconnes pas. Direction La Teste et ventre à terre… Espèce d'abruti.

23

Et la sacoche ?

Quarante-cinq minutes plus tard, Vincent arrêtait la Mégane devant l'une des nombreuses petites maisons de style arcachonnais aux toitures pointues, couvertes de tuiles plates, alignées de chaque côté de la rue du Port. La baraque de Dédé arborait fièrement son nom de baptême sur une plaque de marbre scellée sur la façade, « L'abri côtier », et exhibait quelques éléments de charpente orgueilleusement tarabiscotés, comme toutes les arcachonnaises qui se respectent. Accoudée à la clôture grillagée, une femme âgée aux cheveux blancs, retenus en arrière par un serre-tête en fausse écaille, la robe protégée par un tablier de cuisine, regardait fixement vers le fond de la rue.

— Simone ! s'écria Dédé, inquiet. Puis il descendit de voiture, s'entrava dans le trottoir, et, blême, se dirigea vers sa femme.

— Ça va, ma chérie ?

— Ma chérie ? Punaise, qu'est-ce qui t'arrive ? Ça fait combien de temps que tu m'as pas appelé ma chérie ? T'as quelque chose à me demander ou alors t'as picolé plus que d'habitude. Puis, remarquant le teint livide et le regard inquiet de son mari, Simone reprit.

— Mais qu'est-ce que t'as donc mon pauvre Dédé, t'es pas bien ? Faudrait pas que ce soit le palpitant, le docteur Lalanne est en vacances.

— Rien, rien. Mais toi, qu'est-ce que tu fais au portail à mater du côté de chez Lavergne ?

— Tu vas bien, toi. T'es jamais là, tu passes toutes tes journées avec tes copains, et tu te pointes pour me poser des questions. Elle est bien bonne celle-là. Je suppose que vous vous arrêtez parce que vous avez soif. Sinon j'aurais de tes nouvelles après la fin du film du soir de la télé quand tu rentres juste pour dégazer, ou en lisant la rubrique des faits divers de *Sud Ouest*. Dis à tes copains de rentrer, j'attrape ce qu'il faut.

Dédé répéta sa question.

— C'est pas une mauvaise idée, je sors les munitions, mais qu'est-ce que tu regardais quand on est arrivés ?

— Des gonzes en voiture. Trois gars patibulaires dans un fourgon gris. Ils se sont garés en face. Ils sont pas descendus de voiture et sont restés là plus d'une demi-heure comme ça, à regarder la maison. D'abord j'ai cru que c'était des chauve-souris qui repéraient.

— Des quoi ?

— Des chauve-souris, c'est comme ça que Marcel appelle ceux qui dorment le jour et qui volent la nuit. Mais ils ont des fourgons blancs, pas des gris. Alors je me suis approchée pour leur montrer qu'il y avait quelqu'un dans la maison. Et puis Marcel a fait comme moi, il est sorti et il les a regardés comme ça, les bras croisés, alors ils se sont barrés.

— Ils étaient comment ?

— Qu'est-ce que tu veux que je te dise ? Avec les vitres teintées... À un moment, le passager avant a baissé la vitre pour jeter un mégot et il a enlevé ses lunettes et j'ai vu, un peu.

— T'as vu quoi ?

— Que c'était pas un gitan, mais un Niakoué. Mais Marcel m'a dit qu'il va surveiller et que s'ils reviennent, il va s'en occuper.

Dédé sursauta.

— Oh ! putain de moine syphilitique ! La Musaraigne a causé. Ils nous ont remontés !

Vincent qui, en s'approchant, avait tout entendu, grogna à l'intention de Tovaritch.

— T'as compris ? Ils étaient en repérage. En voyant Simone, ils ont pu vérifier qu'ils ne s'étaient pas gourés d'adresse. Aline a dû leur dire que Simone et Dédé avaient un certain âge, pour ne pas dire un âge certain. C'est du velours pour eux. La nuit prochaine, c'est le home-jacking. Ils vont attaquer tranquillement la piaule de Dédé pour récupérer la sacoche de la Musaraigne. Simone, est-ce qu'Aline a vu où vous avez rangé la sacoche ?

— Non pas. On l'a laissée dans le salon et c'est Dédé qui l'a remisée au garage le soir quand il est rentré.

— Donc ils ne savent pas qu'elle est au garage. Quelle heure est-il ? marmonna Vincent. Bon, on va déjeuner ici. J'appelle Gégé pour qu'il nous rejoigne avec l'artillerie, des munitions de bouche et des matelas pneumatiques. On va passer la nuit sur place en priant pour qu'ils se pointent.

Dédé apporta une précision de la première importance.

— J'ai des confits, des foies gras, des gésiers de canard, des patates pour faire des frites, des glaces pour faire des coupes Colonel, du saint-émilion, du médoc, et du cognac pour nettoyer les tuyaux. Y a qu'en fromage et en pain qu'on va être courts. Après déjeuner j'irai faire un saut en ville.

Il leur restait à attendre jusqu'à la tombée de la nuit. Aussi prirent-ils tout leur temps pour préparer le déjeuner tout en parlant déjà du menu du dîner. Tovaritch se vit assigner la tâche d'éplucher les pommes de terre, sous les directives de Dédé. Mais le Russe regardait l'épluche-légumes d'un œil dubitatif.

— Eh bé ! T'as jamais vu un économe ?

Pour le seul plaisir de bavarder, Vincent intervint.

— « Économe », c'est un vieux truc. C'est le nom et la marque déposée d'un épluche-légumes fabriqué à Thiers au siècle dernier. Le concepteur a trouvé ce nom pour valoriser le fait que l'instrument fait des épluchures particulièrement fines et économise ainsi le légume pelé. Tu peux pas demander à un Russe de connaître ça.

— *Berezhlivyy*[1], *Da* ! Je vais en envoyer 100 000 en Russie. Si je les achète 5 euros et que je les vends 10,

1. Économe en russe.

moins le transport, je fais 400 000 euros, 400 patates comme vous dites.

— Toto, enlève les yeux des pommes de terre, grogna Dédé, c'est pas bon…

— Qué yeux ?

— Les points noirs, Les bourgeons, Les germes, bourricot ! Ça contient de la solanine. En grande quantité ça peut être toxique. Et puis c'est pas joli sur les frites. Parce qu'ensuite Simone les coupe à la sarladaise et les fait cuire à la graisse d'oie. Et ce que la Grèce peut, la graisse d'oie…

Là-dessus, Dédé ouvrit un tiroir et s'empara d'un couteau à lame étroite longue de trente centimètres et se mit à l'affûter avec des gestes vifs sur un fusil devant un Tovaritch bouché bée.

— Qu'est-ce que t'as à me regarder, couillon ! ?

Puis il décrocha un jambon pendu au plafond par un crochet en S, l'appuya fermement de son bras gauche sur sa poitrine et se mit à débiter lentement des tranches extrêmement fines et transparentes en commentant :

Ce jambon, je l'ai fait à l'automne l'an dernier, chez le cousin de Simone dans le Gers. Il était beau ce putain de cochon noir, un porc gascon, au moins 110 kg. Un porc gascon qu'il faut pas confondre avec le porc pie noir de Bagnères-de-Bigorre. Ça n'a rien à voir. Je vous taille la chiffonnade ? Vincent, t'as le sauciflard à côté de toi. Fais-nous en quelques tranches bien fines pour l'apéro. Je commence à avoir les crocs, ça me fait toujours ça à marée montante lorsque le baromètre baisse et que l'humidité s'installe. Pas vous ?

Ils quittèrent la table aux alentours de 15 heures.

— On fait une partie de cartes et à la tombée du jour, on ferme les volets et les écoutilles, on se prépare à accueillir l'armée populaire de libération des mangeurs de pangolins. On va éviter de les décevoir. On va leur faire un truc dans le genre nouvel an chinois, mais sans les dragons en papelard. Ça va péter dans tous les sens avec de la fumée partout. Ils vont se barrer tellement vite qu'ils vont en conclure qu'on est passé à l'année de la gazelle à celle du kangourou.

— Dédé, c'est bon, t'es à jour. À partir de maintenant tu passes en mode eau gazeuse. J'ai pas envie que tu artilles la factrice ou les éboueurs.

— Qu'est-ce que tu insinues ?

— Rien. T'es bien, le bateau flotte, t'es même à la voile pure, t'as besoin de rien de plus. Ne charge pas plus la pinasse.

Simone opina.

— Quand je te le dis, Dédé. T'as tendance à tasser un peu trop. C'est pas bon pour ce que tu as.

— Mais qu'est-ce que j'ai, moi ?

— Des gamma GT.

— C'est un modèle de bagnole ?

— Non, le docteur dit que ça signifie que ton foie commence à en avoir marre de tes sottises.

— On fait collation ? Moi je me ferais bien une frottée à l'ail. Comme quand j'étais « péquègne ». Ma mère elle me faisait ça au retour de l'école. Et puis l'ail, c'est bon pour la santé, ça tue les vers. Les Amerloques, ils disent que nous autres, les Français, on pue l'ail. Il paraît que dans les transports en commun, ils nous sentent à plusieurs mètres. Tu le crois ? Ils puent quoi les mastiqueurs de chewing-gum ? La savonnette, la mousse à raser ou l'after-chèvre ? Tovaritch, tout ouïe, roulait des yeux interrogatifs, ce qui n'échappa à Dédé.

— Et oui, Vladimir. Un quignon de pain bien noir, vigoureusement frotté avec une gousse d'ail frais. Tu le trempes dans l'huile d'arachide, tu le saupoudres d'une pointe de fleur de sel de Guérande et tu manges ça avec quoi ? Une grappe de chasselas blanc de l'Entre-deux-Mers et du calendos. Y a rien de meilleur. Encore une recette de pauvres menacée depuis des lustres de disparition mais qui va réapparaître soudainement à la carte des palaces parisiens à un prix démentiel. Tu t'imagines te faire une frottée à l'ail dans de la porcelaine de Limoges avec un couvert en argent sous l'œil hautain d'un loufiat à gilet à rayures et hélice ? Heureusement qu'il existe une confrérie de la frottée à l'ail à Sainte-Hélène dans le Médoc. C'est pas des tristes, les gonzes. Il paraît qu'ils ne font jamais leur assemblée générale annuelle ni à Évian ni à Vichy. Et à mon avis, c'est pas en raison de la distance. Même si Margaux est moins loin…

— Je pourrais essayer ? demanda timidement Tovaritch.

— Dame ! Je te fais ça de suite, mon lapin. Je vais te déniaiser. Tu vas être le premier Moscovite à manger une frottée à l'ail de tonton Dédé. Il est possible que, géopolitiquement, les rapports entre les peuples en soient durablement modifiés mais il est plus probable que tu pues sérieusement de la gueule. Sophie n'étant pas là, tu vas pouvoir réserver ton haleine de phacochère hépatique à nos visiteurs chinois. Pour te rincer les chicots, je vais t'approcher un château Pipeau 2018 saint-émilion grand cru, et après tout ça, tu vas avoir comme qui dirait les oreilles qui grésillent : t'inquiète pas, c'est les acouphènes du bonheur, comme si quelqu'un venait de te mettre l'andante du 21e concerto pour piano de Mozart dans le cigare.

Le soleil déclinait, la nuit s'installait silencieusement. Simone, en fermant les volets un à un, jeta un coup d'œil à la rue déserte et inanimée. Avisant Marcel qui faisait la même chose, elle en profita pour l'informer à voix basse et sur un ton grave des précautions prises par « les hommes », ce qui eut pour seul effet d'inquiéter plus encore le pauvre voisin.

Vincent rangeait les cartes à jouer, Tovaritch feuilletait avec intérêt un vieux numéro du *Chasseur Français* consacré à la chasse aux pantes et à la matole en Gironde, dans les Landes[1].

---

1. Pantes et matole : techniques de chasses traditionnelles au filet ou à la cage décriées, interdites en France mais encore pratiquées dans le Sud-Ouest par dérogation au nom de l'exception culturelle.

24

Roue libre

— Qu'est-ce qu'on mange ce soir, s'inquiéta Dédé en se caressant délicatement le ventre, comme pour apaiser une sensation de faim imaginaire lui tenaillant douloureusement l'abdomen.

Simone haussa les épaules avant de répondre.

— Garbure, pâté de tête, omelette aux cèpes, fromage et fondant au chocolat.

Tovaritch, qui allait de surprise en découverte, demanda timidement.

— Du carbure, ça se mange ?

Vincent éclata de rire avant de le détromper.

— Pas du carbure, de la garbure. En bon français, le carbure c'est un composé chimique, du carbure de calcium. Habilement mélangé à de l'eau, ça te fait de l'acétylène pour t'éclairer. Tu peux aussi l'utiliser comme explosif pour tuer les taupes, mais vaut mieux le faire à jeun. En argot ancien, le carbure, c'est l'argent qui te permet de carburer, le fric, le pognon, l'oseille, l'artiche, le blé, la thune si tu préfères, mais la garbure, c'est autre chose, c'est… quelque chose.

— Ben ! C'est quoi, explique, s'impatienta Tovaritch.

Vincent réfléchit un peu avant de répondre.

— Pour la garbure, le mieux, c'est l'hiver. Quand il fait froid, que tu reviens de donner à manger aux bêtes au crépuscule – ici on dit soigner les bêtes –, que le brouillard givrant s'installe, que t'as les doigts gourds et le ventre qui gargouille étrangement. Tu entres dans la cuisine avec une brassée de bois refendu pour alimenter le feu de la cuisinière ou du poêle. Tu enlèves tes bottes pour mettre les « feutres » ou les « charentaises », tu enfournes deux bûches dans le poêle qui feule de plaisir quand tu l'ouvres, et là tu vois que Simone vient de servir la garbure dans les assiettes creuses qui fument en exhalant une odeur qui te fait dresser les poils du nez.

— Ouais, mais je sais toujours pas ce que c'est, regretta Tovaritch

— Disons que c'est une soupe, même si c'est pas vrai, parce que pour les gens normaux c'est un repas.

Simone intervint, ravie de partager son savoir.

— C'est le repas d'hiver de par chez nous. Tu mets des poireaux, des carottes, du chou, des haricots secs, deux ou trois gousses d'ail, un oignon, quatre cuillères à soupe de graisse de canard, deux branches de céleri, du sel, du piment d'Espelette, des manchons de canard confits, une cuisse par personne, un talon de jambon, un peu de ventrèche, un œuf, deux litres d'eau… et y a plus qu'à cuisiner tout ça. Tu sers dans des assiettes très creuses, avec des tartines de pain grillé recouvertes d'une tranche de magret séché ou d'un pet de foie gras.

À l'évocation de la recette, Dédé se mit à hurler à la mort en précisant.

— Et après tu fais chabrot!

Devant le visage obstinément interrogatif de Tovaritch, il poursuivit.

Le barbare des steppes d'Asie centrale ne sait pas faire chabrot... Quand je pense qu'on t'a naturalisé! Quel malheur! Je t'explique. Quand t'as fini ton assiette de garbure, tu laisses un poil de bouillon bien chaud au fond de l'assiette et t'y verses une certaine quantité de vin de Bordeaux. Je dis bien une certaine quantité. Tu vides pas toute la bouteille, c'est pas « ad libitum », c'est « allegro ma non troppo ». Tu remues un peu et tu bois directement dans l'assiette, si possible en faisant un gros bruit d'aspirateur avec la bouche. Puis tu poses bruyamment ton assiette sur la table, tu lâches un puissant soupir d'aise, tu fais claquer ta langue et tu t'essuies la moustache d'un revers de manche. Ça rince l'œsophage et tu peux continuer à t'alimenter... Après tu peux roter, et sortir l'Opinel de ta poche, l'ouvrir et le mettre sur la table en attendant la suite. La chaudière est rallumée. Tu vois Toto, aujourd'hui les rares personnes qui connaissent encore cette pratique la trouvent ringarde. Mais je suis sûr que dans cinq ans tous les écolo-bobo-peopolo-parigots qui viennent se « ressourcer » dans le Sud-Ouest prétendront connaître la garbure et le chabrot depuis des décennies, sauf qu'ils feront ça avec des légumes bio et des canards venus jusque-là à vélo pour faire du confit bio, solidaire, écoresponsable, recyclable, climatiquement vertueux et en circuit court.

Vincent coupa court aux considérations gastronomiques.

— Pour l'artillerie, on fait comme d'habitude ?

Tovaritch opina de la tête en levant la main.

— le 11,43 et le pistolet-mitrailleur Skorpion, c'est pour moi, comme d'habitude.

Gégé protesta énergiquement.

— C'est chaque fois la même chose, tu te gardes le Skorpion. Et les autres il faut qu'ils se partagent le reste. T'y penses aux autres parfois ? Égoïste !

Tovaritch tenta de se défendre.

— T'as le choix entre le Glock 17 et le 19. Tous les deux en « 9 para » avec chacun 2 chargeurs de 14 cartouches, t'as pas à te plaindre, merde ! Tu peux artiller avec ça, c'est quand même pas de la camelote. Et puis apparemment ils sont que trois, les gonzes. 28 cartouches divisées par 3, ça te fait tout de même 9 bastos par Chinois. Si tu n'y arrives pas, il faut te mettre à la danse classique ou au jokari. Vincent va prendre le Sig-Sauer, il est habitué à ce calibre, il a le même au bureau. Et Dédé ?

— Vous inquiétez pas pour moi. Vu la configuration des lieux que je connais bien puisque c'est chez moi, vu le type d'attaque envisagée, porte d'entrée principale ou fenêtre du salon, peut-être les deux en même temps de façon concomitante et simultanée, je vais rester sur du classique, du sobre, du discret et du traditionnel. On ne va pas succomber à l'habituelle frénésie de la course à l'armement, au consumérisme trivial ou à la mode à suivre. Il faut raison garder et éviter de passer pour des gens méchants. Le « douze » que mon pauvre père m'a laissé est très bien pour ce genre de situation. C'est un Robust Prestige 12/70 de chez Manufrance de 1952. À cette époque, ils ne faisaient pas que des vélos et des machines à coudre à Saint-Étienne. Ils faisaient aussi de magnifiques canons de fusil. Je vais utiliser de la balle à ailettes comme pour le sanglier. Si ça sèche un solitaire de cent vingt kilos à soixante mètres, ça devrait pouvoir arranger un Chinois agressif à moins de dix mètres, pas vrai ? Ça risque même d'en disperser les morceaux.

— T'es un grand sentimental…

Après le dîner, Dédé nettoya la toile cirée de la table avant d'y installer le tapis de jeu de feutre vert. Vincent ne voulant pas se montrer en façade ou dans le jardin fumait discrètement une cigarette, accoudé à la seule fenêtre donnant sur l'arrière de la maisonnette.

Dédé semblait impatient d'en découdre.

— Alors les mecs, on joue à quoi ? À la bataille, à la belote, au poker, au rami ?

Après s'être concertés par quelques bredouillements évasifs et autres grognements étranges, Dédé trancha.

— Belote ! Je fais équipe avec Toto qui fait pas la différence entre un valet et un roi, et on va quand même vous mettre minables…

Pendant que Gégé distribuait les cartes, Dédé se leva et revint avec une bouteille d'armagnac et quatre verres. Vincent protesta.

— Non, non, Dédé. Imagine-toi que notre monôme avec les Asiatiques tourne à la pantomime et qu'on soit obligés de faire venir la maréchaussée. Si on refoule plus du goulot qu'un bouilleur de cru au mariage de sa benjamine, ils sont capables de le prendre mal. Plus ça va, plus ils sont susceptibles, les gendarmes du Bassin. Bientôt on ne pourra même plus fêter la Sainte-Geneviève avec eux. C'était bonnard, la Sainte-Geneviève, le 26 novembre, chez nos amis les pandores. Tu recevais un putain de carton d'invitation tricolore à l'effigie du chevalier Bayard avec blason et armoiries de la région militaire. Un truc à te faire péter un garde-à-vous rien qu'en ouvrant l'enveloppe. T'étais invité à « partager le verre de l'amitié » en présence du sous-préfet, du capitaine des pompiers, du premier adjoint au maire et d'un représentant du député « qui était retenu à Paris ». Pas retenu par le président de la République mais par Vanessa, une assistante parlementaire incandescente et hallucinogène. Il y avait quelque chose d'affectueux, de chaleureux, de confraternel rien que dans la formulation de l'invitation : « partager le verre de l'amitié », ça sentait la simplicité décontractée, la bonne franquette, la fraternité virile… et tu y allais avec gaieté, sans prévention, ni préparation, avec l'innocence de l'oiseau tombé du nid. Tu te disais que ça allait être joli tous ces uniformes impeccables, ces galons dorés astiqués étincelants sous les rayons du soleil automnal ; ces fourragères multicolores, ces cheveux courts et gominés, ces braguettes soigneusement fermées. Mais tu ne savais pas, ou alors tu avais oublié, que dans la gendarmerie, ils avaient recyclé des anciens traîneurs de sabre des guerres de Yougoslavie, du Liban et autres contrées sablonneuses où s'entretuer à l'ombre des palmiers relève de la coutume vernaculaire. On t'avait pas dit que c'est les mêmes qui fêtent Cameron le 30 avril avec la légion étrangère ; les mêmes qui, entre le 30 avril et le 26 novembre, soignent leur forme par un entraînement quotidien, comme toi tu soignes tes hémorroïdes et tes cors aux pieds. Le partage du verre de l'amitié a failli tourner au concours de vomi. Tu te souviens vaguement du début du discours du sous-préfet, de quelques ricanements idiots d'un adjudant non identifié, et puis c'est à peu près tout. Plus de son, plus d'image, panne de secteur. T'étais tombé soudainement amoureux d'une gendarmette au strabisme convergent très affirmé et au sourire de lapin réduisant tout projet de fellation à une prise de risque inconsidérée. Pour être raccord avec le chevalier Bayard de la boutique, et histoire d'installer la confiance, au moment de la culbuter tu lui avais susurré avec un romantisme que tu imaginais chevaleresque « sois sans peur, je suis sans reproche », ce à quoi elle a répondu avec une lucidité déconcertante « manquerait plus que tu me foutes la chtouille. »

Dédé l'interrompit.

— Je veux bien remballer le cognac, mais toi, t'arrêtes avec tes histoires d'ancien combattu. Sinon je vous raconte comment avec mes copains du deuxième peloton de la première compagnie du 36e chasseur de Dahuts de Barbezieux, on a été fêter la quille au bar de la gare. C'était en juin 1976. Je me souviens qu'il pleuvait… Angèle qu'elle s'appelait la taulière, un sacré bout de femme, elle devait faire un bon quintal avec un faux air de Michel Simon sur ses vieux jours… et velue comme un bonobo avec ça ! Elle était maquée avec un hareng à la retraite prénommé Auguste. Ils avaient repris l'ancien Bar des voyageurs qu'ils avaient rebaptisé le Splendid. Je te dis pas le rade… Tu rentrais là-dedans en écartant les franges en plastique multicolores d'un rideau anti-mouches et tu arrivais de plain-pied dans la quatrième dimension. T'étais saisi par un puissant mélange d'odeurs de tabac brun, de pastis et de sueur. Le juke-box braillait « La bohème », les champignons électro-magnétiques des flippers lâchaient des rafales de staccatos et d'éclairs lumineux. Sur le comptoir en Formica orange trônait un distributeur de cacahuètes en aluminium rouge, un présentoir d'œufs durs en inox et deux sous-verres en carton siglés Berger. Angèle s'étonnait de te voir arriver seul. « Qu'est-ce que t'as fais des autres, qu'elle demandait, t'as l'air chafouin mon drôle. »

Vincent le coupa.

— Joue ! Tu vas pas nous refaire la guerre d'Algérie ou celle des boutons.

25

L'assaut

À minuit, ils rangèrent les cartes, plièrent le tapis de jeu et prirent les dispositions nocturnes. Ils gonflèrent les matelas pneumatiques qu'ils alignèrent dans la salle à manger, préparèrent soigneusement les armes, les lampes de poche et s'allongèrent tout habillés.

— Bien sûr, on garde les pompes, précisa Vincent.

Puis ils éteignirent la lumière. Seule la lueur de l'éclairage public filtrait faiblement par les persiennes derrière les rideaux. Le silence était profond, épais, presque oppressant. Ils n'entendaient que les mouvements de leurs vêtements bruissant sur leur corps et leur respiration.

Vincent venait de regarder sa montre, 2 h 17, lorsque le ronflement sourd du moteur diesel d'une voiture s'engageant dans la rue déchira la nuit puis ralentit à l'approche de la maison et finit par cesser, laissant un silence lourd reprendre possession des ténèbres.

Vincent chuchota à toute vitesse.

— Attention. Elle s'est arrêtée et n'est pas repartie !

Les hommes se levèrent lentement sans autre bruit que celui de leurs articulations. Un « cloc » étrange pouvant venir d'une portière délicatement poussée et le bruit d'un pied raclant le sol achevèrent de mettre les amis en alerte, mais le silence recommença à s'imposer. Trente secondes plus tard, alors que la tension redescendait, un long grincement caractéristique de l'ouverture du portail de la maison lacéra une nouvelle fois le silence de la nuit. Aucun doute n'était plus possible. Quelqu'un entrait chez Dédé. Sans un mot, Tovaritch se campa face à la porte d'entrée, le pistolet-mitrailleur à la hanche, les jambes écartées, et bascula le cran de sûreté de l'arme, prêt à faire feu. Gégé se plaça en position de tir face à l'une des deux fenêtres de la salle à manger. Vincent s'installa devant l'autre fenêtre, aligna les organes de visée du Sig et respira profondément. Tir à deux mains, les deux yeux ouverts à moins de cinq mètres, la confiance était totale. Dédé, en retrait, verrouilla son fusil de chasse, le canon en direction du plafond, l'index droit le long du pontet.

— C'est parti les mecs. *Alea jacta est*… Et que le cul leur pèle aux Niakoués.

— Amen…

Une détonation puissante et très proche déchira la nuit. Vincent, familier des opérations de police, analysa la situation à la vitesse de l'éclair. Il savait qu'un premier coup de feu en annonçait presque toujours une longue série, que c'était le signal de l'ouverture des hostilités qui se termineraient dans des crépitements, l'odeur de la poudre, la fumée, les cris des blessés et la confusion. Il fallait absolument garder son sang-froid, ne pas tirer sans avoir identifié sa cible. Il se félicita du self-control de ses amis qui n'avaient pas riposté. Une seconde s'était déjà écoulée lorsqu'un cri strident envahit l'espace.

— Cassez-vous, bande d'enfoirés !

Dédé, d'une étrange voix de fausset, commenta sur un ton plaintif.

— Oh, bordel de merde ! C'est le Marcel. À tous les coups, c'est lui qui a allumé les Chinois.

Un moteur diesel démarra, monta en régime, s'emballa furieusement, des pignons craquèrent, des pneus crissèrent sur le goudron, le ronflement faiblit en s'éloignant puis s'éteignit. La tension retomba et la voix de Vincent émergea du silence.

— Messieurs, vérifiez vos armes. Ôtez les chargeurs, deux coups de sécurité, vérifiez culasses et canon. Dédé, casse ton fusil, extrais les cartouches. Regroupez toutes les armes sur le canapé.

Marcel était dehors, dans son jardin, les yeux écarquillés en direction du bout de la rue, le canon du douze encore fumant.

— Je « m'avais » pas gouré. C'est bien les guignols d'hier après-midi qui sont revenus. Mais, ils doutent de rien, ces mecs. Le premier avait un pied de biche à la main. Il allait s'attaquer à ta porte, Dédé.

— T'as tiré avec quoi ?

— Gros sel, poivre noir et piment d'Espelette, comme pour l'entrecôte. T'inquiète, je l'ai assaisonné le gonze, il doit être à point. Il va pouvoir se tremper le cul dans une bassine pendant quelques jours. Dans le canon gauche j'avais du plomb de 4 mais j'ai pas eu besoin de m'en servir. Ils sont partis ventre à terre les Pékinois de carnaval. C'est tout de même bizarre ces mecs qui veulent cambrioler une maison habitée en pleine nuit. Et puis, c'est pas pour dire, mais pourquoi aller casser la baraque à Dédé qu'est pauvre comme un zob alors que dans le coin t'as des villas à plusieurs millions qui sont fermées les trois quarts du temps ? Vous dormez tous là ? Punaise, ça fait du monde. Vous en faites une drôle de gueule avec ça… C'est pas la peine de vous faire du mouron, ils reviendront pas. Je peux vous assurer que les citrons étaient pressés.

Dédé essaya d'expliquer.

— Marcel, c'est pas qu'on est soit émotifs, mais on avait prévu de serrer les Chinois avant de les travailler au corps pour qu'ils nous racontent leur vie. C'est un piège qu'on leur avait tendu et qui devait se refermer sur eux, nous permettre de les capturer. Mais toi, tu nous as un peu bousillé l'affaire. Tu les as mis en fuite avec ton tromblon.

— Mon tromblon ? C'est un Verney-Carron, môssieu ! Mon cadeau de départ à la retraite.

— Si tu veux voir de la quincaillerie sérieuse, des trucs faits pour les hommes, t'as qu'à aller jeter un coup d'œil sur mon canapé. Là y a de la sulfateuse, c'est pas des trucs d'écologiste.

Simone, engoncée dans une robe de chambre en laine des Pyrénées, émergea de sa chambre.

— Je veux bien vous faire un café, mais d'abord, vous me rangez tout ce fourbi de pistolets, et vous arrêtez de faire les pitres. Vous avez vu dans quel état d'excitation vous m'avez mis ce pauvre Marcel ? Tout à l'heure, si ça continue, il va tirer sur les papillons de nuit. Si vous voulez faire les couillons, vous n'avez qu'à repartir au Cap Ferret, chez les farfedingues de là-bas qui vivent cul nu. Ici, dans la rue, y a que des gens bien. Y a Bébert, un ancien de la Poste, Lucien qui travaillait à la mairie, Joseph, celui qu'a perdu sa femme. Vous allez me faire attraper la honte avec vos couillonnades.

Vincent, dépité, se laissa tomber sur le fauteuil le plus proche.

— C'est pas vrai ! On a la guigne, la scoumoune, la castapiane. Y a rien qui marche. Dédé, attrape-nous la sacoche de la Musaraigne, histoire de voir ce qu'elle contient. Parce que là, on n'a plus rien à se mettre sous la dent. Sauf à sillonner toutes les rues et tous les parkings d'Arcachon pour essayer de retrouver ce fichu fourgon… Une aiguille dans une botte de foin comme disent les abrutis qui manquent d'imagination.

— Vincent, t'as le mauvais œil, tu le sais. Ça m'ennuie de te le dire mais tu portes la poisse. Avec toi, tout foire toujours. Encore que sur ce coup, on peut s'estimer heureux, on n'a pas les pandores sur le dos, on finit pas en garde à vue. Y a du mieux, c'est moins catastrophique que d'habitude.

— Au lieu de te plaindre, va chercher cette putain de sacoche au garage et fais du café pour tout le monde. Je te rappelle qu'Aline, c'est TA filleule, pas la mienne, et qu'avec un parrain comme toi elle n'est pas sortie d'affaire, la pauvrette.

Quelques instants plus tard, Dédé revenait du garage avec un volumineux attaché-case de plastique noir qu'il posa sous le nez de Vincent, qui, vexé, le rabroua.

— Occupe-t'en, fais-en ce que tu veux. Moi, puisque je porte la poisse, j'arrête tout. Je te rappelle que l'objectif c'était de retrouver Aline. Puisque tu fais tout mieux que les autres, vas-y, débrouille-toi.

— Le prends pas mal, Vincent. Je vais essayer… Merde, elle est fermée à clef.

— Qu'est-ce que t'attends pour péter la serrure ?

Dédé, muni d'une paire de pinces et d'un tournevis, s'acharna un moment sur le verrou et finit par ouvrir la mallette. Elle contenait une masse invraisemblable de documents. Dossiers reliés, sous-dossiers, feuillets réunis dans des chemises à sangle, feuilles volantes mais aussi deux clefs USB. Et au-dessus de tout ce fatras, une lettre manuscrite sur un papier quadrillé de grand format. Dédé lut les premières lignes et éclata en sanglots. Puis il posa lentement la lettre sur la table du salon en ôtant ses lunettes pour s'essuyer les yeux en murmurant :

— Je peux pas, je peux pas… Elle m'a écrit.

— Mais Dédé, si elle t'a écrit, c'est pour que tu lises !

Dédé inspira à plusieurs reprises dans le but de maîtriser son émotion, se racla la gorge avant de lire à haute voix :

— « Mon cher parrain adoré. Si tu lis cette lettre, c'est que quelque chose de grave est arrivé car tu n'as jamais fouillé dans mes affaires. Peut-être suis-je morte… de maladie, d'empoisonnement ou d'un accident, mais assurément de mort soudaine. Peut-être m'a-t-on enlevée. J'ai peur. Dans cette mallette, il y a une copie du résultat de tous mes travaux. Tu peux regarder si tu veux, mais tu n'y comprendras rien. Dans quelques années tu en verras les applications dans la vie courante et tu penseras à moi, même si c'est pas ça qui fera pousser les cèpes, passer les palombes ou faire entrer plus de bars dans le Bassin. L'année prochaine, l'autorisation d'occupation temporaire de ma cabane vient à échéance, est-ce que tu peux t'occuper de son renouvellement ? Faudrait pas que la maison bleue quitte la famille, qu'on la perde, et qu'ils la donnent à un touriste. Occupe-toi bien de ma tante Simone et de *Marie-Thérèse.* Je t'embrasse. »

La fin de la lecture fut suivie d'un lourd silence. Toto et Gégé se regardaient les chaussures pendant que Dédé gémissait faiblement. Quant à Vincent, il tentait de réfléchir.

— On fait le point. Est-ce que ces mecs risquent de revenir ? Si oui, il faut mettre les documents à l'abri. Le mieux serait qu'on les rapatrie ainsi que Simone au Ferret.

— Et Félix, qu'est-ce qu'il va devenir ? s'insurgea Simone.

— Cet abruti de Marcel s'en occupera. En espérant qu'il soit capable de s'occuper d'un chat, répliqua Dédé, il a déjà du mal avec son clébard Bobby.

— Qu'est-ce qu'on peut encore faire ou gratter ? s'interrogea Vincent à voix haute.

— Il nous reste le fourgon. On va bien finir par le trouver. Arcachon, c'est pas Tokyo ou Hong Kong, y a à peine dix mille pèlerins dans ce bled. Ça ne grouille que dans l'hypercentre. Si on fait les quartiers résidentiels rue par rue, je suis sûr qu'on le trouve, ce fourgon, asséna Gégé.

— Pauvre pomme. Parce que tu crois qu'ils vont le laisser dans la rue, uniquement pour te faire plaisir ? S'ils ont loué une maison, il est dans un garage. On peut toujours sillonner les rues… Mais avant, on va se reposer quelques heures. On commence demain matin ?

— Mais il est déjà demain, soupira Tovaritch en regardant sa montre.

— Dédé, demande à Simone de préparer son baluchon, on va la déposer à la jetée Thiers pour qu'elle prenne le bateau pour le Ferret. Les filles iront la chercher à Bélisaire pendant qu'on commence les recherches ici.

26

Au fil des rues

À 8h30 ils étaient à pied d'œuvre et sillonnaient le quartier de l'Aiguillon à bord de la Mégane. Mais Dédé maugréait déjà.

— On va rien trouver par-là. Ni à l'Aiguillon ni à la ville d'automne. Entre le lycée Saint-Elme et le port, y a pas de location saisonnière, que des petites maisons arcachonnaises occupées par des gens simples vivant là à l'année, un peu comme chez moi à La Teste, on perd notre temps.

Par contre, tu peux t'arrêter boulevard Mestrezat un peu avant l'église Saint- Ferdinand, y a un truc intéressant sur la droite.

— C'est quoi ?

— Le bistrot de Roger, un ancien marin-pêcheur. Chez lui, c'est le rendez-vous des costauds. De retour à quai, quand les mecs ont fait une bonne marée, ils s'arrêtent là, ça te fout une sacrée ambiance.

— Non, non, non, tu vas pas commencer à t'arsouiller à 9 heures le matin.

— Dommage, parce que Roger, il sait tout ce qu'il se passe dans le quartier.

— Bon, mais alors vite fait.

Dédé entra l'air triomphant dans le bar aux vitres embuées par la vapeur du percolateur et salua à la cantonade.

— Salut la compagnie, salut Roger. Pour moi ça sera un café-rhum. Un petit café avec un grand rhum. Et pour mes copains, ça sera du tilleul-verveine mais pas trop fort parce que ça les énerve et après ils dorment mal.

— Mais tes potes, je les connais, ils sont déjà venus ici avec toi. T'es comme les canards Dédé, tu perds la mémoire en marchant.

Pour s'entendre, il fallait parler très fort et surmonter le bruit des conversations, les commentaires de l'arrivée de la première course hippique de la journée débités par un présentateur télé hystérique et les rires gras d'un groupe de marins-pêcheurs.

— Au fait, Roger… Trois Chinois avec un fourgon gris et peut-être une jeune femme blonde, ça te dit ?

Roger essuyait avec application un verre à pied. Puis il le porta dans la lumière à hauteur d'yeux et recommença à l'essuyer avec insistance avant de répondre.

— Des Chinois ? Voilà autre chose… Manquerait plus que ça. Déjà qu'on n'est pas riche, tu voudrais pas qu'en plus on soit cosmopolite. Non, à part le gars qui fait les sushis au coin de la rue du Port, y a pas de Chinois dans le secteur. Qu'est-ce qu'ils t'ont fait ces Chinois ? Ils te doivent du pognon ?

— Ils ont enlevé ma nièce.

— Laisse-moi ton numéro de téléphone, je vais me rencarder.

Ils quittèrent le bar et reprirent leurs recherches. Dédé connaissant parfaitement Arcachon dirigeait les opérations depuis la place arrière droite de la voiture. Gégé s'était vu assigner la fonction de chauffeur. Vincent en bon chef de bord était assis à l'avant droite. Tovaritch, relégué à la place arrière gauche, s'acquittait sans mot dire de la tâche qui lui revenait, inspecter le côté gauche de la rue, les maisons et les véhicules en stationnement.

— On va jusqu'au casino de la plage et si on voit rien, on file à la ville d'hiver par la gauche. La ville d'hiver, je la sens bien. Avec toutes ces grandes baraques bien éloignées les unes des autres, tapies tranquillement dans la végétation, ça m'étonnerait pas qu'ils soient planqués par là.

— Pourquoi ce nom de ville d'hiver? demanda Tovaritch.

Dédé adorait raconter Arcachon.

— Probablement parce que les riches bourgeois du nord de l'Europe voulaient échapper aux frimas en passant l'hiver à Arcachon plutôt qu'à Amsterdam ou Varsovie. Peut-être parce que quelqu'un, ne me demande pas qui, a décidé d'attribuer à chaque quartier de la ville d'Arcachon le nom d'une saison. Peut-être que c'est Vivaldi. Paraît que c'était sa manie. Pour cet extraordinaire quartier, ça a été l'hiver... Sa création remonte aux années 1860. Les frères Pereire, richissimes Parisiens très inventifs et novateurs, ont créé et promu ce quartier auprès de la grande bourgeoisie parisienne pour plusieurs raisons; la première étant qu'ils venaient de réaliser une ligne de chemin de fer desservant La Teste et permettant de relier Paris au bassin d'Arcachon, et qu'il fallait la rentabiliser, ce qui, accessoirement, développa le commerce de l'huître inconnue jusque-là car intransportable. La deuxième étant qu'Arcachon devenait une station balnéaire huppée et à la mode, très prisée des Parisiens et des riches étrangers. Le troisième raison et de loin la plus surprenante, la plus importante, la plus grave, c'est l'existence d'une maladie: la phtisie, qu'on appelle aujourd'hui communément la tuberculose... L'horreur, la malédiction, le fléau!

Dédé était heureux que les trois amis l'écoutent avec attention. Il ménageait ses effets, avec force gestes et modulations théâtrales de la voix.

— Ouais les gars... À cette époque, la tuberculose fait des ravages partout, jusque et y compris chez les très riches bourgeois parisiens qui tremblent à l'idée que leur rejeton soit emporté sans prévenir par la camarde et ruine ainsi les espoirs d'une lignée célèbre, d'une famille prospère. On ne sait trop comment s'en protéger et on vit dans la hantise, les mécanismes de la contagion étant inconnus et l'hygiène balbutiante. En fait, c'est la promiscuité de la vie citadine qui facilite la contagion mais on ne le sait pas encore. Et c'est là que, moi, vieux prolétaire testerin issu de va-nu-pieds, de résiniers moitié sauvages vivant au fond des bois, je me marre. Écoutez-moi ça: les Parisiens à redingote et haut-de-forme, faux-col, bottines et canne à pommeau d'argent remarquèrent que les pauvres gonzes du coin qui ne se lavaient jamais, n'avaient jamais vu un peigne et bouffaient n'importe quoi n'attrapaient pas la tuberculose. C'était autant un mystère qu'une injustice flagrante. Des analphabètes crados et fainéants, souvent ivrognes, se nourrissant de champignons, de coquillages, de produits de la chasse et de la pêche se portaient beaucoup mieux qu'eux qui étaient entourés des meilleurs médecins. Et ces manants pouilleux faisaient même des gosses à tire-larigot. Nicolas Brémontier qui avait planté les pins des landes de Gascogne était mort lui-même de la tuberculose en 1809. Mystère, mystère ! Je vous rappelle qu'on parle de mes aïeux, tout de même.

Ils mirent alors cette différence sur le compte du bon air du Bassin, des effluves balsamiques et iodées de l'océan, de la vie au grand air et du soleil. C'était empirique mais pas si bête que ça. Aussi, les frères Pereire dessinèrent la ville d'hiver sur les hauteurs d'un Arcachon balbutiant pour qu'elle reçoive le vent de la mer, et en faisant serpenter les rues pour que la bise marine se charge le plus possible des senteurs bénéfiques des nombreux arbres. Des villas imposantes, toutes plus extravagantes les unes que les autres, se mirent à pousser aussi vite que les bidaous en octobre[1]. Il y en avait pour tous les goûts, des néoclassiques, des néogothiques, des arabisantes, le

1. Nom local du Tricholome équestre, champignon commun dans la région.

style mauresque et le tarabiscoté étant particulièrement à la mode à cette époque, comme on le verra avec le casino mauresque et la villa algérienne à l'Herbe. Ces grandes maisons avaient en commun d'être très ouvertes sur l'extérieur, avec de multiples fenêtres s'offrant au vent du large et à la lumière du soleil. On a beau avoir baptisé ce quartier « ville d'hiver », à la mauvaise saison ces immenses maisons étaient désertées par la plupart de leurs occupants, car difficiles à chauffer, lorsque seulement elles disposaient d'un système de chauffage. Ces villas étaient occupées aux beaux jours par les épouses, la progéniture et les domestiques, les hommes restant à Paris pour les affaires. Mais il fallait bien distraire la compagnie et occuper tout ce beau monde. C'est pour ça qu'on a bâti le casino mauresque, et développé les bains de mer et les activités nautiques. Plus tard on ouvrira même une station de ski, oui monsieur ! Du ski sur grépin, autrement dit sur aiguilles de pin, et ça ira très loin cette affaire avec la création du ski-club arcachonnais, l'installation de remontées mécaniques, et des compétitions internationales opposant les meilleurs skieurs au monde. Des médaillés olympiques dévalaient les pentes à plus de 60 kilomètres heure lors d'épreuves officielles de la fédération française de ski. Et tout ça a fini dans les années 60. Ah ! Je pourrais vous en parler longtemps… Mais avant, y a eu la Deuxième Guerre mondiale. Quatre de ces majestueuses villas furent réquisitionnées par la soldatesque teutonne pour servir de bordels à soldats et officiers allemands. Je connais les noms de ces quatre maisons, noms qu'elles portent encore fièrement au fronton, mais je ne vous les donnerai pas car elles sont redevenues d'honorables résidences privées et ça pourrait chagriner les fiers propriétaires actuels d'apprendre qu'ils vivent dans un ancien lupanar. L'une de ces villas a été reprise à la libération par l'armée française pour servir quelques années encore de bordel militaire de campagne (BMC) aux troupes françaises stationnées là. Lorsque je passe devant cette villa, avenue Régnauld, je me découvre respectueusement comme je le ferais devant un lieu de culte. Elle en a vu passer des paires de fesses et des zigounettes, cette baraque. Après guerre, nombre de ces immenses maisons à l'entretien extrêmement coûteux ont été délaissées, lorsqu'à la faveur d'un décès, et d'un héritage mal ficelé, elle n'étaient pas purement et simplement abandonnées. La végétation débordait souvent des jardins sur la voie publique, et en se promenant dans le quartier, il nous arrivait de croiser un gardien fantomatique et hagard qui n'avait pas vu âme qui vive depuis des lustres. Petit, je m'y promenais parfois à vélo, juste pour me faire peur… Nombre de ces baraques avaient pris des allures de château hanté. Les volets claquaient interminablement et lors des tempêtes hivernales, on retrouvait des tuiles projetées et éclatées dans les rues. À la fin des années 60, plus personne ne voulait de ces maisons maudites et d'un entretien trop lourd. Aujourd'hui aux mains de passionnés, elles sont toutes redevenues pimpantes.

Elles symbolisent le comble du confort et du raffinement discret. Rien à voir avec le luxe tapageur des villas de nouveaux riches du Pyla ou de Saint-Tropez. Ici, il n'y a pas de Lamborghini rouge mais tu peux croiser une DS 21 gris anthracite ou une Jaguar des années 50.

Les trois amis qui avaient écouté Dédé religieusement restèrent sans voix avant que Vincent brise le silence.

— Bravo Dédé, tu m'épates. Mais tant qu'on y est, il est où le casino mauresque ?

— Triple buse, sinistre illettré, animalcule dénué de conscience, protozoaire asthénique… J'ai honte pour toi, j'imagine combien ta mère a dû pleurer lorsqu'elle t'infligea la vie, consciente qu'elle était de faire quelque chose contre nature.

— T'as bu combien de rhum ?

— Un seul, mais un grand.

— Alors, tu nous emmènes au casino mauresque, oui ou non ?

Dédé lâcha un grand soupir.

— J'explique. Mardi 18 janvier 1977, 29e jour du mois de nivôse dans le calendrier républicain, jour de la sainte Prisca, le temps est couvert, il bruine sur Arcachon comme il pleut dans mon cœur, le vent est au noroît, rafaleux, force 4 à 5. Il est 2 h 59 du matin, Marc Desbats, ambulancier de son état, s'aperçoit que le casino mauresque est la proie des flammes. Il appelle les pompiers et bientôt cinquante-deux valeureux soldats du feu sous l'autorité du capitaine Tombini combattent l'incendie, mais du casino construit pour partie en bois, il ne reste bientôt plus que les murs calcinés. Un joyau architectural vient de disparaître. Adieu sa bibliothèque, son salon de musique, sa salle de spectacle, ses décorations somptueuses, son immense péristyle dominant la mer, ses quatre-vingts lustres de cristal. C'est la fin d'une histoire. Le casino mauresque construit par Pereire comme un prolongement de la ville d'hiver n'est plus. Sa vie a été difficile, tumultueuse, principalement en raison de la concurrence insolente et déloyale du casino de la plage, alias le château Deganne, qui l'a empêché de capter la richissime clientèle de la ville d'hiver. Personne ne voulait plus de lui qui avait été construit en s'inspirant de l'Alhambra de Grenade et de la mosquée de Cordoue. Le casino mauresque victime de l'indifférence et de la désinvolture des hommes. De l'autre côté du Bassin, onze ans plus tôt, c'était la villa algérienne qui disparaissait du village de l'Herbe, victime de l'inculture des hommes qui l'ont traitée à la pelleteuse.

— Dédé, je peux te dire quelque chose ?

— Essaye…

— Tu m'époustoufles.

— Pourquoi donc ? Je connais mon bled, un point c'est tout. Au bout de soixante-dix ans, il s'en va temps. Si on s'intéresse pas à l'endroit où on vit, à quoi donc peut-on s'intéresser ? Aux réseaux sociaux comme ils disent ? Moi, ma vie c'est mon coin, la chasse, la pêche, la mer et mes copains. On mange où à midi ?

Le téléphone de Dédé sonna et il l'extirpa péniblement de sa poche en s'arc-boutant sur son siège. C'était Aline Dumas…

27

Rendez-vous pour un traquenard

— Parrain, est-ce que tu veux me sauver la vie ?

— …

— Réponds-moi. Est-ce que tu veux vraiment que je meure ? Tu sais que je suis jeune et que j'ai encore de belles années devant moi. Pourquoi es-tu si indifférent à mon sort ?

Dédé bredouilla quelque chose en essayant par gestes d'attirer l'attention de Vincent qui tarda à comprendre avant de se précipiter sur l'appareil de Dédé pour activer le haut-parleur et de lui faire signe de poursuivre sa conversation le plus longtemps possible.

— Mais où es-tu ? Comment vas-tu ?

— Où suis-je ? Tu le sais. Entre les mains de gens qui me protègent des méchants, de ceux qui veulent s'en prendre à ma vie. Ils ont compris avant tout le monde que j'étais en grand danger et ils m'ont mise à l'abri.

— Mais où es-tu donc ?

— Pour des raisons de discrétion, je ne peux pas te le dire, mais je suis en sécurité. Je t'appelle pour te demander quelque chose. J'ai laissé à Simone une sacoche contenant des documents importants. Des malfaiteurs internationaux membres de mafias et inféodés aux services secrets de pays dictatoriaux veulent s'emparer du résultat de mes travaux qui est contenu dans cette sacoche. Il faut tout faire pour les en empêcher.

— Oui, je sais, ils ont essayé de nous attaquer la nuit dernière, mais on les a repoussés.

— Tu vois… déjà ! J'aurais dû y penser plus tôt et t'appeler pour t'avertir. Mais ils vont revenir. Et s'il le faut ils vont tous vous tuer ! Vous ne pouvez pas garder cette sacoche plus longtemps, c'est trop dangereux.

— D'accord, mais que faire ?

— Mes amis pensent que le mieux c'est que je la récupère. Entre mes mains et les leurs, elle sera en sûreté. Vous n'aurez plus de souci à vous faire.

— Aline, quand est-ce que tu reviens ?

— Dès qu'on sera certains que ma sécurité est assurée. Et pour ça, il faut d'abord que ma sacoche soit en lieu sûr, que j'en explique le contenu à mes amis. Après ça je serai tranquille et je pourrai retrouver la liberté et la sérénité. Tu comprends ? J'ai vu à la télévision qu'ils avaient attaqué le commissariat à l'énergie atomique, le CERN[1] et qu'ils avaient mis le LHC[2] hors service.

— Mais qu'est-ce que tu racontes ? Qui a fait ça ?

---

1. Conseil européen pour la recherche nucléaire.
2. Large Hadron Collider, le plus grand et le plus puissant accélérateur de particules au monde.

— Une coalition internationale d'états voyous, tout le monde le sait. Tu n'as qu'à regarder la télé.

— Mais où es-tu, bordel de merde ?

— T'énerve pas, parrain. Voilà ce que tu vas faire. Tu vas nous emmener la sacoche.

Vincent fit signe à Dédé d'approuver.

— Oui, oui, d'accord. Mais quand et où ?

Aline marqua un long temps d'arrêt avant de répondre, comme si elle était prise de court, si elle réfléchissait ou prenait conseil.

— « On » te rappellera.

— Non, non ! On se met d'accord tout de suite. Je vous l'emmène où ?

Aline ne répondit pas. Un avion militaire de la base aérienne de Cazaux passa à basse altitude.

— Qu'est-ce que t'as dit ? demanda Aline, j'ai pas entendu. À cause de l'avion…

Vincent fit un signe de victoire. « Si elle entend un avion qui passe au-dessus de nos têtes, c'est qu'elle n'est pas loin de là ! »

Dédé, jusque-là décontenancé par cet appel téléphonique reprenait peu à peu ses esprits, encouragé par les mimiques, expressions du visage et langage des signes improvisés de Vincent.

— Tu ne préférerais pas venir la chercher, ce serait plus simple, non ? proposa encore Dédé.

Aline tarda à répondre et il sembla à Dédé qu'elle prenait des instructions.

— Non, non. C'est pas possible. Il faut qu'on fasse attention… Faudrait… euh… la déposer dans un endroit désert, où personne ne nous voit… mais là où personne peut la voler, tu comprends ?

— Oui, je comprends, j'ai une idée ! Tu connais le wharf de la Salie où je vais pêcher parfois ? Le coin est désert. Je peux déposer la sacoche à l'extrémité du wharf, la laisser et repartir les mains vides. Là, elle risque rien, personne ne peut la voler, et on ne nous verra pas. On fait ça quand ?

Aline Dumas marqua un long silence avant de répondre laconiquement.

— Cette nuit… 2 heures… Ça va ?

— D'accord, répondit Dédé en se fiant à l'approbation par gestes de Vincent.

— Je t'embrasse…

Quand Aline Dumas raccrocha, Dédé resta un long moment immobile, le regard fixe, la bouche entrouverte, son vieux téléphone pendant à la main droite.

— Putain de moine syphilitique… la Musaraigne !

Il semblait tellement abasourdi que Vincent décida de le rassurer.

— Ne nous affolons pas et analysons la situation. Aline est vivante, suffisamment en bonne santé et libre de ses faits et gestes pour t'appeler. Elle s'exprime clairement, mais manifestement elle est sous influence. Et apparemment elle n'est pas loin d'ici, c'est plutôt rassurant, non ?

— Tu crois qu'ils lui ont filé le truc de Copenhague ?

— Le syndrome de Stockholm ? Ça m'en a tout l'air. Et ils lui ont bourré le mou avec de fausses émissions télé, des faux journaux et des infos bidon. Et pour ça ils ont dû s'aider de substances chimiques, genre GHB à faible dose pour abolir son discernement et la pousser à l'acceptation de toutes les propositions. Ils veulent la sacoche ? On va leur donner, et avec ça, un putain de cadeau empoisonné, tu vas voir !

— Comment va-t-on faire ?

— On va commencer par expurger cette fichue sacoche en virant tout ce qui peut nous sembler scientifiquement intéressant, et en le remplaçant par des exemplaires de *Voilà*, de *La revue des Chaumières* ou du catalogue du *Chasseur français* de l'année dernière. Ils sont assez cons pour accepter qu'on la dépose au bout du wharf de la Salie ! 800 mètres de long qui surplombent la mer, l'endroit est totalement désert. Le wharf est tellement étroit que deux bonhommes ne s'y croisent pas dessus. Tu comprends ? On se planque dans les dunes et on laisse le mec aller jusqu'au bout du wharf et on lui coupe le chemin du retour. Il est pris au piège, fait comme un rat, sauf à sauter à la baille. On attrape le ou les Chinois, et on les traite jusqu'à ce qu'ils nous conduisent à Aline. Ça va pas être le plus facile. On va pas leur faire subir le supplice chinois, ils auraient l'impression d'être revenus à la maison, dans les geôles de sa majesté impériale Ping Pong. On va leur faire pire. On va leur faire avaler de l'eau de mer, leur mettre du sable dans les oreilles, du goémon dans les trous de nez, leur montrer la photo de Landru, de Jack l'Éventreur ou de François Hollande, on improvisera. Dans le pire des cas, on les prend en otages, on les séquestre et on leur fait écouter des disques de

Mireille Mathieu. Maintenant on rentre pour préparer la sacoche. Je crois qu'on tient le bon bout.

— 2 heures du mat… Premier quartier de lune, on va pas y voir grand-chose.

— T'inquiète… Il fera assez clair pour voir le Chinois arriver, monter sur le wharf et aller jusqu'au bout de l'émissaire. Avec un peu de chance, il s'aidera d'une lampe électrique et on le suivra à la lumière. On va prendre les jumelles à vision nocturne de mon bateau. Ce coup-ci, c'est le bon, ils sont faits aux pattes. Le piège va se refermer sur eux et ils vont finir leurs jours dans les geôles de la République. En attendant, on rentre au Ferret voir nos femmes. Toto, téléphone-leur pour les avertir qu'on arrive.

— Inutile, on va leur faire la surprise.

— Non, on ne fait jamais ça.

— Pourquoi ?

— Question d'élégance. Si elles sont occupées à des activités coupables, il faut leur laisser le temps de se ressaisir, de se préparer à notre arrivée, de leur éviter de devoir enfermer durant plusieurs heures leurs amants dans un placard sombre. Soyons sages, raisonnables et lucides. Au passage on s'arrête au port de La Vigne pour que je récupère mes jumelles sur *Méa*.

Durant la traversée du Bassin entre la jetée Thiers d'Arcachon et celle de Bélisaire au Cap Ferret sur le bac de l'UBA, Vincent posa une question à voix haute :

— Si on doit continuer à traverser deux fois par jour, on prend un abonnement. À Paris, pour prendre le métro, ils ont bien le Passe Navigo, eux. Même si naviguer entre Château-de-Vincennes et Pont-de-Neuilly, c'est pas la même limonade qu'ici ; t'es à l'abri du mal de mer mais pourtant des fois ça sent la marée, et au lieu de prendre des embruns tu prends des glaviots… À Paname, les mouettes roucoulent et les chandons sont gris…

— Les chandons ? Quèsaco ?

— C'est des oiseaux gris, de caractère indolent, voire tristounet, qui accompagnent souvent les mouettes les soirs de fête. C'est très curieux… Au Cap Ferret, par temps clair, quand t'as un peu trop chargé sur la boisson effervescente, l'âme bucolique et l'humeur vagabonde, tu regardes défiler dans l'azur limpide des nuages cotonneux poussés par la douce brise océanique, quand soudain, dans un silence mystique et la chaude lumière du soleil vespéral apparaissent… la mouette et le chandon.

— Moet et Chandon, t'es vraiment con par moments, mais en fait ça me l'a déjà fait un truc comme ça… L'été dernier, souviens-toi, pour le 15 août, le soir où les pinasses volaient en escadrille. On l'avait pas fait exprès. On s'est fait surprendre chez les voisins parisiens de Toto qui nous avaient invités à un machin dînatoire. On s'était tous sapés en blanc. Tu parles d'un traquenard dînatoire. Ces enfoirés nous ont vendu les vertus rafraîchissantes d'une boisson exotique réputée hygiénique dans un pays d'Amérique latine au nom imprononçable mais très connu pour ses révolutions et ses dictatures militaires. Soi-disant que les autochtones du bled en question en prennent lors de cérémonies traditionnelles. Un genre de breuvage qui, a priori, inspire confiance. Une espèce de jus d'orange à la mode tropicale, avec la tranche de citron à cheval sur le bord du verre et une petite ombrelle toute mignonne. En fait un truc de malade arrangé au carburant pour fusées, au nitrométhane et au napalm. T'en fais boire à un écologiste, il gravit le Kilimandjaro en slip, un sombrero sur la tronche. On s'est fait déchiqueter comme des gosses de 15 ans à leur première surboum. Même qu'à la fin, on leur a chanté « La petite Huguette » en canon. Ils croyaient que c'était une chanson du folklore landais, les touristes. Qu'est-ce qu'ils sont devenus, ces dangers publics ?

— Lui, il est parti à Los Angeles faire du marketing digital. Elle, elle a pris une galerie d'art à Berlin, mais ils sont plus ensemble. Elle s'est mise en couple avec une ancienne chercheuse en sociologie qui a fait un CAP de cordonnière dans le Vercors. Elles ont deux enfants, un qui vient du Turkménistan et l'autre de Moldavie. Elles ne leur parlent qu'anglais. Ils ont mis la maison sur Airbnb.

— Pourquoi, c'est une maison gonflable ? J'avais pas fait gaffe. On fait de ces trucs de nos jours…

Simone avait déjà pris ses marques et s'affairait dans la cuisine de la villa.

— Comment t'allumes ta cuisinière, t'as pas des allumettes ?

— C'est une plaque à induction et touches tactiles.

— Et les flammes sortent où ?

— Y a pas de feu, c'est électromagnétique.
— Punaise ! Et tu fais quoi avec ça, à part t'électrocuter ?
Vincent réunit les comparses pour préparer l'opération.

28

Dispositions de combat

— Voilà comment on va opérer. Toto, Gégé et moi, à 1 heure du mat, on pose la Mégane sur le parking de la plage de la Salie Nord pour ne pas qu'ils la repèrent et on descend à pied, par la dune, plein sud, jusqu'à l'aplomb de l'émissaire. Y a un petit kilomètre. Chaussez-vous bien. On se planque sur la dune noire, à l'orée de la forêt de pins, sur les hauteurs, avec le wharf en visuel à trois cents mètres de là. À 1 heure et demie pile, Dédé se pointe avec sa 4L. Il stationne sa bagnole à proximité, et à pied, il porte la sacoche jusqu'au bout du wharf, il la dépose et s'en revient. Il reprend sa voiture et va se poser sur le parking de la dune du Pyla, plus au nord, en mode arrière-garde, prêt à gicler s'il faut. Là, il bouge plus, il attend mes instructions par téléphone. Compris?

Dédé, le sourcil froncé, essaya une approbation militaire d'un coup de menton, tout en rectifiant sa posture.

— Okay, chef!

— Je continue. 2 heures: un ou deux gonzes arrivent, pas trois parce qu'il faut obligatoirement qu'il y en ait un qui garde la Musaraigne. Ils matent un peu les abords, puis ils montent sur le wharf, qu'ils parcourent jusqu'à son extrémité. On dévale la dune, on grimpe sur l'émissaire, on leur coupe la retraite, ils sont piégés, faits comme des rats. Ils ne peuvent pas reculer... à moins de sauter à l'eau.

— Et après on fait quoi ? s'inquiéta Tovaritch.

— On les immobilise, les mains liées dans le dos avec des colliers d'électricien, on les fouille, on les ramène sur la plage... Et là il faut qu'ils nous causent, qu'ils nous disent où est Aline, sinon...

— Sinon, quoi ? Moi je veux bien leur mettre une ou deux torgnoles, mais pas plus, maugréa Tovaritch.

— C'est déjà ça, concéda Vincent.

— On peut les foutre à poil et les jeter à la baille, ça devrait les assouplir, suggéra Gégé.

Vincent réfléchissait.

— On va autopsier leurs téléphones, éplucher leurs applications. Sur certaines, le lieu de résidence s'inscrit automatiquement avec même le trajet depuis le stationnement de la voiture. On va contrôler les appels entrants, les appels sortants, les contacts. On va fouiller leur bagnole à la recherche d'un indice, regarder le GPS de leur fourgon. Et pour finir on peut téléphoner au troisième larron via Aline et lui expliquer qu'on est d'accord pour échanger ses deux potes contre la Musaraigne. On lui précise que s'il est pas d'accord, on les décapite avec une scie rouillée dans l'heure qui suit et on envoie leurs têtes à Xi Jinping en Colissimo avec du persil dans les trous de nez et dans les oreilles. On fait comme ça ?

Le plan semblait convenir et inspirer confiance aux amis.

— On fait comme ça. Préparons la sacoche, les lampes, les colliers de serrage, et passons à l'apéro…

29

Opération Musaraigne

La navette maritime ne fonctionnant pas la nuit, à 23 heures ils prirent la route dans la 4L de Dédé pour rejoindre la Mégane stationnée boulevard de la Plage à Arcachon.

— Elle pue toujours autant, ta foutue bagnole, c'est infect !

— Je m'y suis fait. Je ne sens plus rien, moi. Toutes les voitures de pêcheurs ont une légère odeur de poisson pourri. C'est comme des effluves de nuoc-mâm qui s'échapperaient d'un restaurant vietnamien de la banlieue de Saigon, le soir du Têt. C'est doucement évocateur des anciennes colonies françaises, de leur douceur de vivre, de l'indolence des indigènes accablés par les températures et la moiteur de la saison chaude.

— Non, ça chlingue vraiment, c'est infernal. Mélangé à l'odeur d'essence, de caoutchouc écroui et de tabac froid, c'est à faire dégueuler un rat.

— Tu préfères peut-être l'odeur de cuir de la Porsche de Toto, sauf qu'elle est pliée sa caisse, même que c'est une épave. Et comme aurait pu dire Confucius : « Pour se déplacer, mieux vaut une 4L qui pue mais qui roule qu'une magnifique Porsche en rideau. »

Parvenu à destination, le commando se mit en place conformément aux directives de Vincent.

Du parking de la Salie Nord jusqu'à l'aplomb du wharf, le trio crapahutait en silence, dans l'obscurité fraîche et venteuse du bord de mer.

— J'ai mal aux mollets, et j'ai du sable plein les pompes, protestait Tovaritch.

— Ben ouais, c'est comme ça, t'avais qu'à faire une carrière de batelier sur la Volga. Le sable de dune est profond et si on marche sur le sable dur au bord de la plage on risque se faire repérer par le péril jaune. Mais on est arrivés, plus que deux cents mètres.

Quelques minutes plus tard, ils s'installaient dans une dépression de la dune, derrière un bouquet d'oyas, surplombant le wharf de la Salie. En portant ses jumelles à vision nocturne devant les yeux, Vincent ne cacha pas sa satisfaction.

— Une pensée pour ces pauvres couillons qui ne se rendent même pas compte qu'ils vivent leurs dernières minutes de liberté, que la foudre va s'abattre sur eux comme la vérole sur le bas clergé, comme une sorte de châtiment inévitable qui punit l'inconscience coupable du naïf… Ces fiers membres du Guoanbu[1] vont bientôt regretter de n'être pas dans les geôles de Pinochet ou de Kim Jong-un.

Gégé l'interrompit.

1. Services secrets chinois.

— Regardez ! Voilà Dédé qui monte sur le wharf avec la sacoche. Il a allumé sa frontale. Pauvre Dédé, il doit bander mou. C'est pas tout à fait Rambo... Et vu de loin, il ressemble à rien.

— De près non plus. Il n'a jamais eu la silhouette d'Arnold Schwarzenegger.

Quelques minutes plus tard, Dédé rebroussait chemin les mains vides. Puis les trois amis entendirent le moteur de sa 4L démarrer et s'éloigner dans la nuit.

— Messieurs, la messe est dite... Plus que vingt-deux minutes avant le carnage.

En attendant, Tovaritch goûtait la poésie des lieux.

— C'est quand même beau le grondement de la houle qui se mêle au clapotis du ressac et au bruissement du vent dans la cime des pins. Les étoiles sont tellement brillantes qu'on dirait qu'Éole souffle dessus pour les attiser, rien que pour nous. Les dieux sont avec nous.

— Toto, j'ai l'impression que t'as chargé la mule. J'avais dit de pas trop tisaner quand on part en opération extérieure.

Un vombrissement faible troubla le silence de la nuit et attira l'attention de Vincent.

— Chut ! C'est quoi ce truc ? Écoutez, bande d'abrutis !

Le bruit s'intensifia, monta en puissance jusqu'à les obliger à hausser la voix.

— C'est quoi ce bordel ?

— Peut-être un Belge qui passe l'aspirateur sur la plage, ricana Tovaritch.

Vincent, d'un geste brusque, se mit à fouiller le ciel de ses jumelles. Un drone survolait le wharf. Arrivé à l'extrémité de l'exutoire, l'appareil alluma un projecteur et amorça une lente descente en direction de la sacoche. Puis à l'aide d'un petit bras articulé terminé par une pince, il s'empara de la mallette, reprit immédiatement de l'altitude pour partir à grande vitesse en direction de la forêt.

— Je crois qu'on s'est fait… commenta Gégé.

— Oui, ça va, ça va, c'est pas la peine, on a vu, grogna Vincent. Et le pire, c'est qu'on est à pied. On peut même pas les poursuivre. Ça devrait être interdit ces drones à la con. J'appelle Dédé. Il faut qu'il essaye de les intercepter !

— Mais non, mais non, tu n'y penses pas ! Ils vont lui faire du mal.

— Je l'appelle quand même.

Informé de l'urgence de la situation, Dédé conclut.

— Je vois ce que je peux faire.

— Oui, et après tu viens nous chercher.

Tovaritch se mit à gémir.

— Ça part sacrément en sucette, l'opex façon commando des services spéciaux. Tout à l'heure, les gens vont croire que c'est nous qui avons foiré le coup du Rainbow Warrior. C'est pas pour dire, mais je crois qu'on a l'air cons. On va être obligés de rentrer en stop. À moins qu'une bagnole de gendarmes en patrouille nous ramène à la maison. Ils doivent bien se marrer les Chinois.

— Tu vas la fermer ?

Le trio, sans mot dire, prit à pied la route en direction de la dune du Pyla. Un quart d'heure plus tard, les faibles phares jaunes de la 4L de Dédé perçaient la nuit.

— Alors ?

— Ils sont passés devant moi à toute vitesse, avec leur fourgon gris. Ils avaient allumé l'éclairage intérieur. Ils étaient deux, et le passager fouillait l'intérieur de la sacoche. J'ai rien pu faire.

— Direction prise ?

— Arcachon…

— C'est râpé, on récupère la Mégane, on pose ta trapanelle à sa place et on rentre au Ferret avec la Mégane.

— Pourquoi pas avec ma voiture ?

— De nuit avec tes phares jaunes six volts, on n'y voit rien, on mettrait deux heures, et j'ai pas envie de m'asphyxier. Exécution !

30

La dame aux camélias

Gégé conduisait et ils roulaient depuis une bonne demi-heure, sans rien dire, lorsque le téléphone de Dédé sonna. C'était Aline.

— Parrain ! Qu'est-ce que t'as fait ? T'as mélangé les affaires de ma sacoche avec des vieilles choses à toi.

— C'est pas moi, C'est Simone. Elle a mis plein de vieux trucs au garage en même temps. Tu la connais, elle a tout mis en vrac. Pourquoi, y a un problème pour que tu m'appelles à cette heure ?

— Ben oui. Je m'y retrouve plus. J'ai beau chercher, j'y arrive pas. On m'a donné des médicaments pour m'aider à réfléchir, ça va beaucoup mieux. Je crois qu'il manque des documents. Si je me souviens bien, c'est dans une grosse chemise bleue. Il faut absolument que tu la trouves. C'est rangé par saison. C'est entre l'automne et le printemps. Sur la couverture de la chemise il y a le nom d'une collègue : Marguerite Gautier. C'est là que tu dois chercher, parrain, pas ailleurs. Je suis dedans. Il en va de mon avenir. Marguerite Gautier, je te dis ! Est-ce que tu comprends, gros bêta ?

— Qu'est-ce que tu racontes ?

— Je dois raccrocher, je vais me faire gronder. Je te rappellerai.

Dédé raccrocha en soupirant.

— Ça y est, elle raconte n'importe quoi, elle délire. Elle a tourné frappadingue. Ils ont dû lui faire prendre un truc qui fait craquer, comme ils montrent à la télé.

— Du crack ?

Vincent, qui s'était brutalement renfrogné, semblait absorbé dans une profonde réflexion. Il resta muet de longues minutes avant de questionner Dédé.

— Tu veux bien me répéter ce qu'elle t'a dit, la Musaraigne ? Me le répéter in extenso, sans réfléchir.

Dédé soupira longuement avant de répondre.

— In extenso ou dans la voiture, c'est comme tu veux… « Une grosse chemise bleue entre celle de l'automne et celle du printemps », ça nous fait une belle jambe !

— Mais encore ?

— « La couverture au nom de Marguerite Gautier. »

Soudainement, Vincent intima un ordre à Gégé.

— Arrête-toi de suite, j'ai besoin de marcher et de fumer une cigarette.

— Mais on est à Claouey !

— Arrête-toi, je te dis !

Vincent descendit promptement de voiture, alluma une cigarette, traversa la route et se mit à arpenter seul la plage. Les amis tentèrent de le rejoindre en bavardant.

— Vous voulez bien me foutre la paix une seconde ! C'est pas trop vous demander ? Avec vos jacasseries de perruches d'élevage, j'arrive pas à réfléchir.

Tovaritch protesta en grognant.

— Vous avez entendu comment qu'il nous cause le commissaire de mes fesses ? Il devient infect. Si ça continue, il va tourner Front National, quel malheur. Un gars qui était si bien.

Dix minutes plus tard, Vincent les rejoignait d'un pas vif, souriant et l'air satisfait. D'un ton enjoué, il lança :

— Allez les abrutis, c'est bon, en voiture, on y va !

Les amis s'interrogèrent du regard avant que Dédé suggère.

— T'as profité de l'obscurité pour aller caguer sur la plage ? T'es un gros dégueulasse. Si encore la marée montait, on comprendrait, mais elle descend. T'imagines le Bordelais qui, dans le clair-obscur du petit matin blême, va vouloir rejoindre sa pinasse pieds nus, il va s'en foutre plein les arpions.

Rien qu'à imaginer, la scène Toto et Gégé se tordirent de rire, mais Vincent décida d'accabler Dédé.

— Triple buse, ahuri, moins que rien… La Musaraigne te dit où elle est, elle t'implore de venir la chercher en te précisant qu'elle a recouvré ses moyens intellectuels et toi, non seulement tu comprends rien mais tu la traites de frappadingue. Tu es lamentable. J'ai honte pour toi.

— C'est pas avec des insultes que tu réussiras à écorner ma réputation qui est ce qu'elle est sur le Bassin. Explique-toi plutôt, monsieur je-comprends-tout-moi.

— Réfléchis un peu, pauvre truffe. Qu'est-ce qu'elle t'a dit ta filleule ? Je cite : « C'est entre l'automne et le printemps, une chemise au nom de Marguerite Gautier, je suis dedans. ». Dédé, qu'est-ce qu'il y a entre l'automne et le printemps ?

— Bé... l'hiver !

— C'est un bon début. Et l'hiver à Arcachon, ça fait penser à quoi ?

— Bé... à la ville d'hiver !

— Bien. Et Marguerite Gautier, ça te cause ?

— Connais pas. La seule Marguerite que je connais, c'est la boulangère de La Teste, la fausse blonde aux gros nibards. Je te dis pas les bouées qu'elle se tient, la grosse. Double airbag en série, on dirait des pare-battages pour un yacht de chez Guy Couach. Il paraît qu'il y a que le TGV qui lui ait pas passé dessus, la Marguerite. Mais elle s'appelle pas Gautier la boulangère, je crois qu'elle s'appelle Lavergne. Gautier... Gautier, comme Gégé ? Ça doit être une copine d'Aline, mais elle est pas du coin en tout cas.

— Là, tu patauges. Et si je te dis *La dame aux camélias*, Alexandre Dumas, ça te cause ?

— Un écrivain... Même qu'il y a une allée Alexandre-Dumas à Arcachon, à la ville d'hiver !

— Et la dame aux camélias s'appelle comment dans le roman d'Alexandre Dumas ?

— J'en sais fichtre rien.

— Marguerite Gautier, bourricot ! Et souviens-toi. Quand on est passés allée Alexandre-Dumas, t'as vu sur le côté droit une maison aux volets verts portant fièrement au fronton son nom de baptême : « Les camélias ».

— Maintenant que tu me le dis... Tu crois qu'elle l'a fait exprès, la Musaraigne ?

— La dame aux camélias, c'est Aline. Souviens-toi qu'elle t'a précisé qu'elle avait retrouvé ses esprits. Pour qu'elle puisse exploiter les documents de la sacoche, ils ont dû arrêter de lui filer les médicaments qui l'abrutissaient. Si ça se trouve, ils lui ont donné des amphètes pour qu'elle récupère. Ayant découvert que ses ravisseurs ne comprenaient pas toutes les subtilités de la langue française, elle a essayé de te mettre sur la voie, mais comme t'es aussi bouché que les latrines à la turque d'un pensionnat de jésuites, t'as pas imprimé. Aline Dumas est séquestrée dans la villa « Les camélias », allée Alexandre-Dumas dans la ville d'hiver, voilà messieurs ! Ça vous en bouche un coin.

— Putain de moine syphilitique, c'est bien possible ! T'en as dans la tronche. Pas étonnant que tu aies eu besoin de te ventiler le cigare tout à l'heure. Tu devais avoir les neurones qui grésillaient, une sorte de surchauffe de la cafetière. Quand je pense que je croyais que tu avais été...

— Ça va, ça va. On rentre à la maison. On établit un plan et on passe à l'action demain matin, compris ?

Vincent se tut et mit le reste du trajet à cogiter. Ce n'est qu'après s'être installés autour de la table basse du salon qu'il se détendit, l'air content de lui.

— Voilà, c'est simple. On n'a pas le temps de se renseigner au cadastre, de trouver le propriétaire de la maison et de lui poser des questions. il faut agir vite et bien, trouver le moyen de mettre la maison sous surveillance visuelle permanente, nuit et jour, surveiller les allées et venues pour analyser la situation. Et à l'issue, on voit ce qu'on fait : on tente une intervention nous-mêmes, ou alors on file le tuyau à Vidal. On décidera en fonction des résultats de la surveillance.

Dédé ricana.

31

Dédé en planque

— Mettre en place une surveillance 24 h/24 dans la ville d'hiver, tu manques pas d'air. C'est trop peinard et trop bourge. Tu stationnes la Mégane avec trois mecs bizarres à l'intérieur allée Alexandre-Dumas, et dix minutes plus tard, t'as tout le quartier qui téléphone au commissariat et tu te retrouves avec les lardus sur le dos. Non, non, c'est pas possible ! T'as vu la touche qu'on a ? À la ville d'hiver, si on veut passer inaperçus, on planque en smoking à bord d'une Bentley. Toi, tu t'es pas rasé depuis huit jours, Gégé, lui, il s'est peigné en sortant de la maison avec le loquet de la porte, et Toto, il a pété la fermeture éclair de sa braguette. Sans parler de moi !

— Justement. T'es pas mal dans le genre mannequin de chez Emmaüs, mais on va forcer le trait.

D'ici demain matin, il faut trouver un chien idiot, un chariot de courses pourri, un sac Leader Price, un sac Lidl, une bouteille de pinard, des frusques bonnes à jeter, et j'en passe. Est-ce que tu as ça, Dédé ?

— Ouais, chez moi, au garage, à part le clébard. Tu me diras qu'il y a celui de mon voisin Marcel, Bobby, il est complètement con. Et qu'est-ce que tu veux faire avec ce fourbi ? Aller à la déchèterie ?

— Non. On va te déguiser en clodo et tu vas prendre tes quartiers dans le coin. L'allée Dumas, l'allée Sully et l'allée Pasteur font un triangle. T'auras qu'à tourner dans le quartier avec ton barda. Ça te fera passer devant la villa « Les camélias » toutes les dix minutes. Y a des bancs partout. Tu peux faire la sieste ou la manche. Y a du beau monde au parc mauresque, tu vas faire du blé. Et t'as des chiottes publiques juste à côté de l'ascenseur du parc. Tu seras comme un coq en pâte. Tu gardes la maison à l'œil et on fait le point au téléphone toutes les demi-heures.

Le projet ne semblait pas plaire à Dédé qui se mit à bougonner.

— Oui… Peut-être, mais pourquoi moi et pas Gégé, Toto ou toi ?

— Parce t'es le seul à pouvoir identifier la Musaraigne, et que tu connais la ville d'hiver mieux que nous. Qui plus est, t'as un flair extraordinaire, un instinct de chasseur incomparable, un sens de l'analyse des paramètres conjoncturels menant à la bonne décision qui peuvent faire la différence dans ce genre de situation délicate.

Dédé afficha un demi-sourire satisfait et légèrement goguenard.

— T'en as mis du temps pour admettre que j'avais plein de qualités.

— Et puis disons-le… T'as naturellement la touche et l'allure d'un authentique clodo au visage ravagé par l'alcool, au regard torve et vide de débile léger, négligé et vaguement cradingue.

Toto et Gégé se mirent à rire, mais Dédé, vexé, s'emporta.

— Vous vous foutez de moi. Puisque c'est ça, j'irai pas! Vous vous démerderez tout seuls, voilà!

— Mais nous, on s'en fout de la Musaraigne. C'est pas notre filleule. Après avoir retrouvé son corps martyrisé sur une décharge publique, lorsque sa mère apprendra que tu savais où elle se trouvait de son vivant mais que tu as refusé catégoriquement de participer à son sauvetage parce qu'il fallait porter une tenue vestimentaire qui ne te convenait pas… À mon avis tu vas avoir du mal. N'oublie pas que la mère d'Aline, c'est la sœur de ta femme. T'as du souci à te faire, Dédé.

— Bon, ça va, j'ai compris. J'assure. Mais il faut passer chez moi demain matin pour tout préparer.

— Ça marche! Allez, passons à autre chose… Mélissa, tu nous joues quelque chose?

32

Veillée d'arme

Le lendemain, ils arrivèrent au lever du jour à La Teste et Dédé entreprit immédiatement de fouiller son garage et son cagibi. Quelques minutes plus tard, il fit irruption dans le salon affublé d'un chapeau de feutre informe, d'une veste de drap élimée et déchirée et chaussé de Crocs verdâtres constellées de taches de peinture. Il traînait un chariot de courses délabré, aux roues laissant échapper des couinements de désespoir.

Les amis marquèrent un silence mi-surpris mi-admiratif avant d'oser commenter.

— T'es parfait. À croire que t'as fait une carrière de SDF à Arcachon. Il te manque plus que le clébard.

— Je vais aller chercher le Bobby de Marcel. C'est un croisé épagneul breton, chihuahua et cochon d'Inde. Il ressemble à rien, ce pauvre chien. En plus il est idiot. À part déchiqueter les pantoufles et aboyer après le facteur, il est bon à dalle. À la chasse, il a peur du gibier et quand tu tires un coup de fusil, il détale et tu le retrouves assis à côté de la voiture, tout tremblant et impatient de rentrer à la maison pour retrouver sa gamelle. C'est ni un chien de chasse ni un chien de pêche, c'est un chien de Bordelais.

Une demi-heure plus tard, ils commençaient la mise en place et Vincent prodiguait les dernières recommandations.

— Dédé, nous, on se poste cours Desbiey ou place Jean-Moulin avec la Mégane, donc au plus près de toi pour intervenir si besoin, mais néanmoins invisibles parce qu'on est en contrebas, cachés par la végétation. On bouge pas. C'est toi qui drives et qui donnes les informations par téléphone. En dehors de tout fait particulier, tu envoies un sms toutes les demi-heures. T'entends bien ? Toutes les demi-heures. À l'heure pile et à la demie. Si jamais t'appelles pas, c'est qu'il y a un lézard, on décarre aussi sec. Maintenant, dès que tu vois quelque chose de particulier, tu nous rends compte. Nous, on est enfouraillés et prêts à gicler. Ta mission : essayer d'apercevoir les occupants de la villa, et principalement la Musaraigne. Je te donne trois cas de figure pour exemples.

Primo : tu vois la Musaraigne apparaître puis disparaître à une fenêtre de la villa. C'est tiède, tu nous passes un sms, mais on bouge pas. On sait juste qu'elle est là. C'est impeccable.

Deuzio : tu vois la Musaraigne dans le jardin avec les Chinois. C'est chaud. Tu nous passes un coup de fil. On passe devant la villa en voiture pour voir si on peut arracher la petite sans artiller les Chinois et on improvise.

Tertio : tu vois la Musaraigne toute seule dans le jardin. C'est brûlant. Tu nous passes un coup de fil. On se pointe en voiture ventre à terre. Gégé reste au volant, moteur en marche, dans le sens du départ. J'arrache Aline du jardin, Toto me couvre avec la sulfateuse, toi, tu montes à la place arrière gauche et on décroche. Quinze secondes… pas plus… On va foutre des complexes aux mecs du Mossad. C'est compris ?

— Oui, chef !

— Fais-moi plaisir, appelle-moi monsieur le chef. Allez en piste !

33

Dédé et Bobby

Quelques instants plus tard, sans rien dire, Dédé s'engageait à pas lents dans l'allée Pasteur, tirant de sa main droite son chariot grinçant et tenant la laisse de Bobby dans la gauche. L'air triste et désabusé, le dos rond, le regard vide, il traînait les pieds avec une démarche chaloupée de vieillard perclus de rhumatismes. Le clochard était plus vrai que nature. Dédé faisait montre d'un talent extraordinaire.

Les trois amis, incrédules et bouche bée, le regardaient s'éloigner. Décidément, Dédé avait plus d'un tour dans son sac. Soudainement, il s'arrêta sur la chaussée, lâcha son chariot, tapota la tête de Bobby puis sortit une bouteille de vin rouge d'un grand sac. D'un geste vif, il la déboucha, la porta à la bouche et en but une longue lampée. Après avoir vidé le tiers de la bouteille, il la reboucha et la rangea soigneusement dans le sac. Puis il rota bruyamment, adressa un bras d'honneur à ses trois amis et reprit sa marche de plantigrade fatigué. Vincent commenta :

— L'haleine devait manquer au tableau. Et puis il doit avoir la trouille. Maintenant il est d'équerre.

Il pourrait même finir dans un panier à salade pour vagabondage. Sacré Dédé...

En bon clochard solitaire, en s'engageant dans l'allée Dumas, celui-ci se mit à parler à Bobby.

— Écoute-moi, le chien. Ici, t'es chez les « ceusses » qui ont plein de blé. Alors, tu pisses pas n'importe où, tu me demandes d'abord. Si on croise une dame bien habillée avec un cabot de rupin tout frisé en laisse et si j'enlève mon chapeau, tu remues la queue. Ça fait style que t'as reçu un bon élevage, tu comprends, le chien ? Tu fais comme si t'étais content de voir son petit clebs qui pue le Chanel N° 5. Tu lui en mettrais bien une secouée à son cabot, espèce de petit salopard... Et si t'as envie de caguer, tu me fais quelque chose de bien, un étron stylisé, un truc de luxe comme ils font dans les chocolateries. Tiens ! Regarde, le chien, y a un banc là, sur le côté. On va se poser là et casser une petite croûte. Et puis je sais pas si après, je vais pas faire une petite sieste.

Dédé se laissa tomber sur le banc en soupirant puis commença à déballer lentement et avec soin ses affaires sous l'œil attentif de Bobby. Puis il vida un deuxième tiers de la bouteille de vin.

— Tu veux un bout de graton, le chien ? À moins que tu préfères un morceau d'andouillette... Ah, tu veux les deux ? Vaut mieux t'inviter au cinéma qu'au restaurant, le chien, ça revient moins cher. Je te mets un peu d'eau dans ta gamelle sinon en pétant, tu vas nous faire de la poussière. Ça fait des particules fines la poussière et les écolos, ça les fout en pétard les particules fines. Ils disent que c'est pas bon pour la planète. Prout ! T'as vu la jolie villa en face de nous… Comment qu'elle s'appelle ? Les camélias… Tiens donc ! Ça te dit rien, le chien ? Moi, ça me dit quelque chose, la gonzesse aux hortensias… Les volets de l'étage sont ouverts, un éclairage indirect allumé, la porte d'entrée fermée, tout comme la porte du garage. Regarde, le chien ! Dans l'allée du garage, y a des traces de boudins et elles sont pas vieilles. Tiens, voilà une bagnole qui arrive dans la rue, il ne doit pas en passer plus de dix par jour et que des caisses de luxe. La seule Twingo du quartier, c'est celle du jardinier.

Une Ford Mondéo grise passa à petite vitesse devant Dédé, continua sa route et disparut à la faveur d'un virage sur la gauche.

— T'as vu les mecs dans la voiture, le chien ? C'est con que tu me répondes pas quand je te cause, je me sentirais moins seul. Ouais, t'as vu la tronche des trois gonzes ? À mon avis ils ne font pas dans les farces et attrapes. Ça, c'est des velus, tendance dobermans. J'ai l'impression qu'ils doivent avoir un sens de l'humour assez limité. S'ils rigolent pas, c'est pas parce qu'ils ont les lèvres gercées, c'est plutôt qu'ils sont du genre teigneux. Si je t'emmerde, le chien, t'as qu'à le dire et j'arrête de causer.

Dédé vida la bouteille de vin.

— Té ! Encore une que les Boches boiront pas. Pas vrai, le chien ?

Soudain, un ronflement d'aéronef déchira le silence de la ville d'hiver et s'intensifia jusqu'à l'apparition à très basse altitude d'un hélicoptère bleu marine siglé « gendarmerie nationale ». Le giravion marqua un long temps d'arrêt à l'aplomb de Dédé. Immobile au-dessus de la cime des arbres, il brassait violemment l'air, secouant les branches dans un vacarme insupportable, terrorisant Bobby et agaçant Dédé.

— Où c'est qu'ils se croient ces gugusses ! C'est habité ici. La seule chose qu'ils réussissent à faire, c'est foutre la trouille à ce pauvre Bobby. Barrez-vous de là avec votre ventilateur !

En réponse aux injonctions de Dédé, l'hélicoptère prit de l'altitude et disparut. La ville d'hiver retrouva son silence feutré, presque snob.

— T'aurais pas aimé faire chien policier, Bobby ? Vu ton gabarit et ton allure, t'aurais pu choisir un job de flic en civil, t'étais sûr de passer incognito parce que t'as vraiment pas la touche d'un flic genre du RAID ou de la BRI, toi. Moi je te verrais bien aux Mœurs à surveiller les chiennes qui font le trottoir.

Quelques minutes plus tard, la Ford Mondéo grise réapparut au bas de l'allée Alexandre-Dumas à une soixantaine de mètres de Dédé. Elle se rangea le long du trottoir et le conducteur coupa le moteur. Les trois occupants s'absorbèrent ensemble dans l'examen d'un écran de téléphone.

Dédé commençait à s'inquiéter sérieusement.

— Qu'est-ce que t'en penses, Bobby ? Tu crois que c'est des méchants ? Pourtant c'est pas des Chinois. Vaut mieux que j'appelle Vincent, tu crois pas ? Je commence à baliser…

Le commissaire décrocha immédiatement, hors de lui.

— Mais qu'est-ce que tu fous ? Tu devais m'appeler ou me « texter » toutes les demi-heures. T'as sauté l'heure et même la demie. Qu'est-ce qui se passe ? Et c'est quoi cet hélico qui te tourne au-dessus ?

— Dites-moi commissaire, vous allez commencer par me parler sur un autre ton…

— Dédé, t'es moitié gazé ! Tu déconnes. Je te l'avais dit, pas maintenant.

— Mais c'est que j'ai les monges, moi, la pétoche, les foies. J'ai les genoux qui font des castagnettes. Y a pas idée de laisser un homme d'âge respectable au contact de criminels internationaux, de maniaques de l'homicide, impatients de me trucider. Vous n'avez aucune pitié ! Oui j'ai tisané, monsieur le commissaire principal. Et alors !

— Il manquait plus que ça… Bon, Dédé, tu vas te calmer, me raconter ce que tu vois et répondre à mes questions. Première question : t'as encore du pinard ?

— Je réponds pas, môssieu ! Secret-défonce. À la guerre, tu vas pas raconter à l'ennemi si tu as encore des munitions. Pour rester dans le flou, disons que je peux encore tenir vingt-quatre heures. À toi.

— La baraque ?

— Les Pétunias ? En face de moi, tout simplement. Un volet ouvert. Personne ne peut sortir de la baraque sans se heurter brutalement à moi et devoir immédiatement battre en retraite. Un vrai mur, pire que celui de l'Atlantique du père Todt.

— Ça bouge pas ?

— Que je te raconte. Y a trois mecs dans une Mondéo grise qui ont fait un passage. Ils ont maté vaguement la baraque et ils sont partis. Et voilà t'y pas qu'ils sont revenus et qu'ils se sont posés à cinquante mètres de moi. Ils sont dans leur bagnole à jouer à l'ordinateur. Tu verrais la tronche des gonzes…

— Des Chinois ?

— Non pas. Des Franchouillards vaguement patibulaires.

— Dédé, à partir de maintenant on joue plus, on reste en ligne en continu. Tu ne raccroches pas, compris ?

— Oh putain… Vincent, j'ai la trouille, viens me chercher !

— Qu'est-ce qui se passe ?

34

C'est parti !

— Ils viennent d'ouvrir la porte du garage de la maison, juste en face de moi. Le fourgon gris Ford GB 617 XY, il est devant moi. Des gens montent dedans, il démarre, ils partent comme des fous, à fond la caisse ! Ils ont disparu… Inutile d'essayer de les rattraper, ils vont trop vite. Coupez-leur la route en rejoignant au plus vite la place Verdun. Pour quitter Arcachon, la seule façon de faire, c'est de passer par là. Avenue Victor-Hugo, cours Desbiey et vous y êtes avant eux ! Allez-y !

Vincent ne répondant pas, Dédé, au comble de l'excitation, continuait son compte rendu.

— Les mecs avec la Mondéo ! Ils ont baissé le pare-soleil du passager avant, et dessus, y a marqué « Police », ça sent le roussi… Ils démarrent leur bagnole, ils viennent vers moi, je vais encore avoir des ennuis… Bordel !

La Mondéo s'arrêta à la hauteur de Dédé. Le passager avant de la voiture baissa la vitre latérale de la voiture et questionna Dédé.

— Monsieur Dubosc, je suppose ?

— Non, monsieur, mon blaze c'est Livingstone, mais Les gonzesses m'appellent Dédé, surtout lorsque je leur mordille l'oreille. Comment qu'il va Stanley ?

Le policier, l'air désabusé, se tourna vers le conducteur qui lui chuchota à l'oreille.

— On le savait, on était avertis. Il est fêlé. Avec lui, faut faire attention, y aller doucement, éviter qu'il parte en vrille, c'est tout.

Mais Dédé fut pris d'une envie de s'amuser. Il prit Bobby sur les genoux et expliqua à son interlocuteur.

— Moi, à mon avis, ce qui vous intéresse, c'est les mecs qui étaient dans cette villa et qui viennent de s'arracher avec leur fourgon. Ils se sont barrés ventre à terre, je sais pas pourquoi. Peut-être qu'ils avaient laissé quelque chose sur le feu. C'est un truc con, ça. Tu laisses une gamelle sur le gaz, la daube prend au fond de la casserole, t'arrives plus à la décaper, même au tampon Jex. T'es obligé de laisser tremper avec du Monsieur Propre.

Les occupants de la Mondéo sursautèrent.

— Quoi ?

— De là où vous étiez, avec le virage qui vous bouche l'angle et le champ visuel, vous pouviez pas les voir sortir de la baraque et se barrer. Alors que moi, je suis juste en face, pile, et j'ai tout vu. Ils se sont arrachés comme des voleurs.

Dédé regarda sa montre.

— Vous avez trois minutes et trente secondes de retard. Vous avez les coordonnées du véhicule des fuyards ? Ford gris GB 617 XY. Allez les mecs, on gicle. Attachez les ceintures, deux-tons, gyro, c'est parti. Comme à la parade.

La voiture démarra sur les chapeaux de roues, emportant les trois policiers au visage crispé.

Dédé embrassa Bobby.

— T'as vu ça un peu, mon petit Bobby ? Comment que je fais bouger le contrespionnage français, moi ? Zou ! Et ça débarrasse. C'est le genre de truc qui devrait te donner espoir, mon Bobby. Tout est possible dans la vie. Un jour peut-être tu déambuleras en roulant des mécaniques sur le gravier des allées du jardin de l'Élysée, un collier de chez Van Cleef autour du cou. Tu te feras flatter la croupe par un ministre de la République ou un empereur africain ; un hiérarque chinois viendra tâter tes cuisses avec concupiscence. Tu lui mordras la pogne jusqu'à l'os à cet enfoiré. Tu déposeras délicatement une magnifique sentinelle sur le perron du château devant la garde républicaine au garde-à-vous, juste avant l'arrivée du roi d'Angleterre. T'as pas soif, Bobby ? Moi, j'ai la langue comme une queue de castor, un début de déshydratation en quelque sorte. En attendant, mon cher Bobby, on s'est débarrassés avec élégance des lardus et la voie est enfin libre. Au boulot !

35

Filoche

Place de Verdun, la Mégane des trois amis étaient en stand-by. La place, occupée en son centre par un imposant monument aux morts, était suffisamment large pour que leur voiture en stationnement passe inaperçue. Gégé avait cédé le volant à Vincent qui venait de jeter un rapide coup d'œil à l'état des pneus et à la jauge de carburant. À peine avaient-ils ajusté avec soin leurs ceintures de sécurité que le fourgon gris déboula à grande vitesse sur leur droite pour s'engager avenue de Bordeaux en direction de la voie directe.

— C'est parti ! lâcha Vincent. Pour l'instant, on ne se met pas en mode course-poursuite mais filoche rapide. S'ils prennent l'autoroute on pourra leur laisser du champ sans risque, il suffira de les remonter à l'approche de chaque sortie pour ne pas se faire surprendre. Ils sont combien à l'intérieur ?

— Je vois pas, grogna Gégé, au moins trois. Mais ils roulent vite, trop vite. On est les seuls à aller à la même vitesse qu'eux. Ils vont s'apercevoir qu'on les bobine.

— Et d'après toi, s'ils nous détronchent, il se passe quoi ? Ils quittent l'autoroute, nous emmènent à la campagne, dans un chemin forestier après la tombée de la nuit, dans l'espoir de nous artiller en toute discrétion ?

— S'ils la jouent comme ça, ils risquent de perdre, grogna Toto en manœuvrant la culasse du pistolet-mitrailleur Skorpion. J'ai quatre chargeurs bien garnis.

— Ils vont beaucoup trop vite. 180 kilomètres à l'heure, ça peut pas durer longtemps comme ça, répéta Gégé. Ça devient trop dangereux, des bagnoles sortent de partout, ça va mal finir Vincent…

36

L'hallali

La filature était en train de dégénérer en course-poursuite, exercice particulièrement périlleux. Gégé, passager avant inquiet, pensait qu'il était temps de calmer le jeu.

— Vincent, tu crois pas qu'il faut lâcher l'affaire, là on va au carton, et à cette vitesse ça va être grave.

Pour toute réponse, Vincent grogna entre ses dents serrées.

— Putain ! On a en visuel, à deux cents mètres devant nous, la bagnole dans laquelle se trouvent les ravisseurs et l'otage et tu voudrais qu'on lâche l'affaire ? Certainement pas.

Après avoir négocié acrobatiquement un rond-point, le fourgon réaccéléra e sur la voie directe. Gégé annonça le chiffre du compteur sur un ton laconique, comme une ultime mise en garde désabusée.

— 175. Prochain rond-point : route de Biscarrosse à deux cents mètres.

L'écart entre les deux véhicules se creusait. Le conducteur du fourgon prenait tous les risques, Vincent allait devoir bientôt renoncer à le rattraper, la mise en danger était trop évidente, trop importante pour eux et pour tous les autres usagers de la route. Les fuyards devaient jouer très gros…

C'est alors qu'un interminable semi-remorque, transport exceptionnel de billes de bois sauvées des incendies de la forêt usagère de La Teste, quitta lentement la route de Biscarrosse pour s'engager dans le rond-point. Mais ce qui est trop grand, trop long est aussi trop lent, et l'ensemble routier pachydermique obstrua trop longtemps, la voie. Le conducteur du fourgon avait-il l'espoir de pouvoir passer devant ou derrière le mastodonte ? On ne le saura jamais.

Roues bloquées par la violence du freinage, direction hors de contrôle, pneumatiques fumants, le fourgon percuta le côté gauche camion à plus de 100 kilomètres heure et au pire endroit : le réservoir de carburant. Le choc, à lui seul, provoqua une détonation, mais six cents litres de gasoil pulvérisés sous pression contre un moteur brûlant bardé de fils électriques alimentés par un alternateur débitant furieusement des kilowatts de haute tension engendrèrent eux une explosion… Une boule de feu orange de vingt mètres de diamètre s'éleva paresseusement, laissant au niveau du sol une nuée ardente, une température de haut fourneau et une lumière intense. Le fourgon n'était plus qu'une torche, une carcasse squelettique sans roues ni vitres, déjà rouillée et laissant échapper à espaces irréguliers des soupirs, des flatulences et des craquements incongrus. Trois secondes seulement après le choc initial, le conducteur du camion avait déjà sauté de sa cabine par la portière droite et plongé dans un profond fossé marécageux. Juste le temps d'être terrifié par la puissante onde de chaleur. Avait-il vu arriver le fourgon ? La camarde venait de rater un rendez-vous. Le jeune chauffeur hagard arpentait maintenant le bas-côté herbeux en marmonnant. Gégé se précipita vers le fourgon. D'un hurlement comminatoire effrayant, Vincent le stoppa net dans son élan.

— Arrête ! Le réservoir d'essence du fourgon va péter, recule, recule !

Les bras ballants, le désespoir dans les yeux, ils regardèrent, impuissants, le brasier qui ronflait et crépitait de cette joie sordide de détruire et de tuer. Au loin commençaient à pointer timidement les premières sirènes de pompiers. Vincent s'abîma dans de sombres réflexions.

« C'est fini. Bientôt, ils auront sorti les corps calcinés, enlevé les épaves, passé le balai sur le macadam, l'odeur de brûlé s'estompera. Les voitures reprendront leur innocente procession, leurs habitudes. La Musaraigne n'est plus qu'un amas de cendres et de charbon, mais dans quelques minutes les automobilistes passeront déjà à l'endroit même où elle a rendu son dernier soupir, ignorant que là vient de se nouer un drame. On peut même se demander si Aline a vraiment existé, mais on a déjà le droit de commencer à l'oublier. Tout le monde s'en fout. Mais s'est-elle vue mourir, a-t-elle eu peur, a-t-elle souffert ? Comment annoncer ça à Dédé ? »

Gégé s'approcha de lui à pas vifs, visiblement bouleversé. Il ressentit un besoin impérieux de dire quelque chose. Les traits du visage ravagés, les bras écartés en signe d'impuissance, les mâchoires serrées, le regard mauvais, malgré un effort visible de retenue, il gronda.

— Je t'avais dit de ralentir, de ra-len-tir, bordel ! Ça se voyait qu'on allait au carton, au drame, et qu'il fallait lâcher la chasse. On a tué la petite ! Putain ! Est-ce que tu comprends ça, crétin ? On était là pour la soustraire à un enlèvement, pour la sauver et on l'a tuée, tuée… Qu'est-ce qu'on va pouvoir dire à Dédé ?

Tovaritch essuya une larme furtive puis se moucha bruyamment. Vincent était anéanti. Les trois amis étaient trop assommés de chagrin pour avoir conscience de ce qu'il se passait autour d'eux. Trois hommes se mêlant aux badauds s'étaient discrètement approchés d'eux. Ils écoutaient attentivement leur conversation. Quelques minutes plus tard, l'un des trois se décida à aborder Vincent.

— Laffargue, je te félicite pas. Après nous avoir torpillé l'affaire, après nous avoir empêchés de procéder à la libération de la victime, tu provoques délibérément sa mort… C'est complètement dingue. Je t'avais dit de nous laisser faire, nous les professionnels, d'arrêter de nous tirer dans les pattes, de nous mettre des bâtons dans les roues. Quand le Parquet et l'administration seront informés, je ne donne pas cher de ta peau. Tu comprendras que sur ce coup, je ne te soutiens pas…

— Vidal ?

— Oui.

— Va te faire mettre…

37

Aline!

Dédé s'empara d'une bouteille d'eau et s'en versa une bonne quantité sur la tête sous le regard surpris de Bobby. Puis il s'essuya le visage, s'ébroua et se leva.

— Bobby, quand faut y aller, faut y aller. Quand les carottes sont cuites, c'est la fin des haricots. On est à peu près sûrs qu'ils sont partis et qu'ils ne reviendront pas puisqu'ils ont les poulets au cul, qu'il n'y a plus personne dans la maison, mais faut quand même aller vérifier. Il faut toujours tout vérifier qu'il dit Vincent. Faudrait pas qu'ils aient piégé la baraque… C'est pas que j'ai pas la trouille, mais qu'est-ce que tu veux, mon pauvre Bobby, quand faut y aller… Allez, viens!

Dédé traversa la rue et entra dans le jardin de la villa « Les camélias ». Il gravit lentement le perron et marqua un temps d'arrêt devant la massive porte d'entrée ornée de fer forgé. Il regarda Bobby comme s'il cherchait son approbation. Le chien, qui reniflait obstinément sous la porte, éternua deux fois avant d'adresser à Dédé un regard interrogatif. Dédé poussa lentement l'huisserie. Le rez-de-chaussée était plongé dans l'obscurité, mais il sentit immédiatement une puissante odeur de gaz.

— Bobby, si on allume la lumière on fait tout péter, tu vas finir au paradis des clébards. Pourquoi tu tires sur ta laisse ? Arrête, con de chien !

Mais Bobby continuait à tirer, griffant le parquet de ses pattes, grognant de colère, les poils de l'échine dressés façon balai-brosse. Dédé renonça à le retenir et décida de le laisser faire. Bobby entreprit de gravir de ses courtes pattes l'escalier de bois quart tournant donnant accès à l'étage, sautant comme un cabri d'une marche à l'autre. L'odeur de gaz devenait insupportable. Sur le palier du premier étage, le chien se dirigea sans hésitation vers une porte qu'il commença à gratter frénétiquement de ses pattes avant. Dédé, tremblant de tous ses membres, saisit le bouton de porte de céramique blanche et le tourna prudemment. Il était sur le point de défaillir. Le chuintement qu'il percevait, jusque-là faible, s'intensifia à l'ouverture de la porte. La clarté filtrant des persiennes lui permit d'embrasser un spectacle d'horreur. Une chambre de style XIXe siècle : tapisserie à motifs de chasse à courre et rideaux assortis, cheminée de marbre blanc et un lit, un grand lit-bateau sur lequel gisait Aline Dumas. Dédé identifia immédiatement l'origine de l'odeur de gaz qui, maintenant, était insoutenable. Elle provenait d'une bonbonne de 1,50 mètre de haut. Dédé connaissait bien ce modèle. D'un geste sûr et rapide, il en ferma le robinet d'arrêt, puis alla ouvrir en grand la fenêtre avant de se porter au chevet de la Musaraigne.

Elle dormait profondément et respirait régulièrement. Il essaya en vain de la réveiller. Au sol, il remarqua un emballage de médicaments.

« Zolpidem… Quèsaco ? »

Bobby renifla un petit réveille-matin en plastique duquel sortaient deux fils d'un dispositif piézo-électrique. L'aiguille de l'heure de déclenchement de l'alarme s'approchait dangereusement de l'heure réelle. Dédé jeta le réveil par la fenêtre, et tout en essayant de mettre Aline sur le dos, se met à réfléchir à haute voix.

« J'ai compris. Ils ont dû tirer d'elle tout ce qu'ils pouvaient, tous les renseignements manquant dans la sacoche, et ils n'avaient plus qu'à s'enfuir avec les documents. Mais au lieu de la laisser libre et vivante, regardez-moi ce qu'ils lui ont fait, ces salauds. Entre l'asphyxie au gaz et l'explosion programmée de la baraque, elle n'avait aucune chance d'en réchapper, la Musaraigne. On l'aurait retrouvée écrasée sous un tas de gravats dans l'explosion d'une maison de location, sans aucun indice, sans jamais pouvoir connaître les causes de sa mort, ses dernières heures, ses dernières pensées. Comme si elle ne valait rien, plus rien du tout, maintenant qu'elle avait tout dit, qu'ils avaient ce qu'ils voulaient. Pas vrai, Bobby ? Dis-moi le chien, je crois que je vais chialer… Allez viens, on se casse de là, j'aime pas cette baraque et j'ai horreur des camélias.

Dédé mit dix bonnes minutes à rejoindre péniblement son banc en tirant et poussant le corps inerte de Aline. Reprenant confiance, il put enfin s'occuper plus sérieusement de l'état de la victime. Le pouls était bon, la respiration régulière, mais elle dormait profondément. Il lui parla fort, lui tapota la joue. En retour, elle essayait de tenir sa tête quelques secondes avant de repiquer du nez, le menton dans la poitrine. Il déboucha sa bouteille d'eau et lui en vida la moitié sur la tête en commentant :

— Je te baptise… Source Sainte-Anne, l'eau des Abatilles, celle que je te mettais dans ton sirop de menthe quand t'étais petiote.

— T'es con, parrain, c'est froid. Et je suis mouillée jusqu'au slip ! T'aurais pu faire autrement, quand même.

— T'as qu'à croire… Le même caractère que sa mère et sa tante ! Tu les arraches à une mort probable, elles te traitent de tous les noms, elles te chient aussi sec dans les doigts et te traînent devant le tribunal le plus proche. Y a qu'à moi que ça arrive des trucs pareils. Pas vrai, Bobby ?

38

La Musaraigne est sauvée

La sonnerie du téléphone de Vincent mit un terme brutal mais opportun à l'échange. Dédé semblait s'impatienter.

— Alors, les mecs, qu'est-ce que vous branlez? Vous jouez à touche-pipi dans les broussailles ? Vous la montrez aux passants qui passent ? Vous organisez un concours de pets ?

Tu sais, Dédé, qu'on n'a pas envie de rire. Il est arrivé quelque chose de terrible.

— C'est quoi t'est-ce ?

— Le fourgon des fuyards... Ils ont eu un accident grave, très grave. Le véhicule a brûlé. Ils sont tous morts. C'est affreux.

— Hé bé punaise ! Comme ça l'affaire est réglée et bien réglée. Je suppose que la sacoche a cramé. Super ! Le Xi Jinping va faire un peu la gueule, mais ça lui passera. Il a perdu trois gonzes mais il a encore plus d'un milliard de mecs du même genre en magasin.

— Dédé ? Ça va, tu te sens bien ? T'as encore chargé la mule ?

— Non, tout va bien. Mais je vais pas m'apitoyer sur le sort de ces salopards qui auraient bien aimé buter la Musaraigne mais qui n'y sont pas arrivés, et grâce à qui ? Je te le donne en mille ! Grâce à Bobby et à moi !

— Dédé, t'énerve pas. Dis-moi où tu es, on va venir te chercher. Surtout, ne bouge pas, on arrive, tu as du prendre un coup de soleil.

— C'est à ce sujet que je t'appelle. Au lieu de vous attendre comme des cons, la Musaraigne et moi, on va aller se balader en ville. D'abord on va aller au parc mauresque, je veux vérifier qu'elle se souvient du nom des arbres et des plantes que je lui montrais quand elle était petiote, puis on ira faire un tour du manège de monsieur Caramel à la jetée d'Eyrac. Après on ira manger une glace boulevard de la Plage, à moins qu'elle préfère une barbe à papa. À côté du glacier, y a un grand magasin de bonbons, on va le dévaliser. On se donne rendez-vous à 17 heures à la jetée Thiers. Le problème, c'est que je suis déguisé en clodo, un peu dégueulasse et j'ai que vingt-cinq euros sur moi... Allô Vincent, tu m'entends ?

— Dédé, jure-moi que tu te sens bien, que t'es pas bourré et je t'en supplie, explique-moi tout...

— Hé bé, en deux mots, j'ai récupéré la Musaraigne dans la villa des Pétunias quelques minutes avant qu'elle soit asphyxiée au gaz et que la baraque explose. Voilà tout. On a fait ça avec Bobby, fallait voir comment... Putain de Bobby ! Au fait, j'ai mis les trois blaireaux du contrespionnage au cul du fourgon des Chinois. Ça mange pas de pain et ça débarrasse. Tu sais ce qu'ils sont devenus ces pèlerins ? M'est avis qu'ils me filochaient mais je sais pas trop comment ni pourquoi. Si tu les vois, tu peux leur poser la question à ces comiques.

— Dédé, tu me jures que la Musaraigne est vivante, en bonne santé, qu'elle est libre, et qu'elle est avec toi ?

— Bé, ouais. Mais t'es un peu dur de la feuille aujourd'hui, tu comprends pas tout. T'as les oubarasses[1] ensablées ? Tu me diras que souvent tu vis seul, et qu'à force, mon couillon... Tu veux que je te la passe, la Musaraigne ? Elle m'a mangé le reste de mon andouillette. Entre Bobby et elle, j'en ai pas vu la couleur Au fait ! Il faut qu'on avertisse sa mère... Tu sais Vincent, la ville d'hiver, finalement c'est pas mal, c'est même vachement bien. C'est calme, t'as pas les mecs qui font du rodéo à scooter, rien du tout. Par contre c'est un peu snob... J'ai fait bonjour à un gonze en Jaguar, il m'a pas répondu. Aline, elle dit que c'est parce que je suis déguisé en clodo. Tu crois que c'est une raison pour ne pas répondre ?

Lorsque Vincent raccrocha, il était aux anges. Un immense sourire aux lèvres, il saisit fermement le commissaire Vidal par le lobe de l'oreille gauche.

— Viens avec moi dans la forêt, on a des histoires à se raconter à l'abri des oreilles indiscrètes. Après on s'occupera de toi. On va te couler dans le béton, te noyer dans une fosse à purin... Alors comme ça, t'as

1. Oreille en patois gascon.

branché le Dédé, t'avais peut-être rien d'autre à foutre, c'est ça ?

— La mère de la personne enlevée, Ginette Dumas, nous a dit que le fameux Dubosc suivait l'affaire de près, et même qu'il lui avait promis de retrouver sa fille vivante. On a compris qu'il était en cheville avec les ravisseurs, qu'il leur avait vendu le tuyau et qu'il touchait sa commission. Pas besoin d'être un grand flic pour comprendre ça, ce mec est vénal. Elle nous a filé son numéro de téléphone, on l'a mis sur écoute et géolocalisation continue. On a compris qu'il allait passer à l'action dans la ville d'hiver, mais comme son téléphone est un vieux coucou, on perdait souvent le signal. On a même dû faire sortir l'hélico de la gendarmerie pour retrouver sa trace.

— Je sais… Et l'hélico a fait un point fixe au-dessus de la villa parce que Dédé était en planque devant en attendant de lancer solo un assaut pour sauver l'otage. Brillante idée de votre part, bravo ! Ça a paniqué les ravisseurs qui se sont enfuis après avoir préparé l'assassinat à retardement d'Aline Dumas. T'as belle gueule de me reprocher d'avoir fait courir des risques à l'otage alors que tu as failli provoquer sa mort par connerie. C'est Dédé Dubosc qui l'a sauvée d'extrême justesse d'une mort certaine, à quelques minutes près. Une information judiciaire va être ouverte et la Musaraigne entendue par le juge d'instruction. J'espère qu'elle va t'enfoncer délicatement et préciser par qui elle a été libérée. Maintenant, disparais ! Je veux plus te voir.

— Vincent, sois pas trop sévère. Sur ce coup, on n'a pas trop mal joué. Et puis, entre collègues, on va pas se bouffer la rate. T'es trop susceptible.

— Casse-toi, je te dis.

Les pompiers achevaient d'éteindre l'incendie. Une ambulance légère transportait le chauffeur du poids lourd à l'hôpital Jean-Hameau pour examens. La police d'Arcachon démarrait l'enquête sur l'accident.

39

L'humeur légère

À 17 heures, après avoir stationné la Mégane avenue Gambetta, le trio se rendit à pied place Thiers. La petite esplanade surplombant la jetée du même nom et dominant la plage et la mer est devenue l'agora lumineuse d'Arcachon, le paseo rieur, l'endroit où il faut être vu.

Sur un banc public trônait un étrange couple mal appareillé mais vêtu avec un certain chic local. Lui, largement sexagénaire, de petite taille mais mince, portait une vareuse bleu marine flambant neuve ouverte sur un thorax velu et bronzé, un pantalon de toile rouge et des espadrilles de même couleur. D'un geste distrait, il ramenait son Panama devant les yeux pour se protéger du long soleil du soir. Elle, belle quadragénaire aux cheveux d'or et aux yeux clairs, rayonnait dans une robe rose en tissu vichy. Chaussée de tropéziennes dorées, des lunettes noires sur le nez, elle semblait sortie d'un film italien des années 60. Autour du cou, elle portait un jonc doré ciselé de motifs étranges identiques à ceux de son bracelet. Ils semblaient à l'aise, riaient un peu trop bruyamment et attiraient la curiosité des passants qui tentaient de les identifier comme des célébrités. Le couple était accompagné d'un petit chien affublé d'un collier en cuir de crocodile orné de pendilles en argent et de faux brillants. Le trio d'amis approchait avec désinvolture du lieu de rendez-vous, le nez au vent, charmé par la douceur vespérale et la lumière chaude inondant la plage et la mer. Mais soudain Vincent se figea, immobile comme une statue, le regard fixe et la bouche entrouverte, tel un setter en action de chasse marquant l'arrêt devant un gibier.

Gégé et Toto, surpris, suivirent la direction de son regard sans réussir à percer le mystère de sa stupeur. Jusqu'au moment où, recouvrant enfin ses moyens, Vincent chuchota.

— Putain de moine, vous voyez ce que je vois ? Le Dédé ! Le Dédé en galante compagnie d'une très belle dame qui pourrait être sa fille et qui me semble bien, d'après la seule photo que j'en ai vue, être la Musaraigne ! Mais qu'est-ce qu'ils foutent là, comme ça ? Ils se croient sur la Côte d'Azur peut-être. Il a dû prendre un pet sur le casque, le pauvre homme. À son âge, toutes ces émotions… Ça devait arriver un jour ou l'autre.

Dédé, qui venait d'apercevoir le trio, les interpella à la cantonade, ouvrant largement les bras pour témoigner de la chaleur de son amitié et les inviter à les rejoindre.

— Bonjour les amis ! Quel bonheur et quelle surprise. Venez, on va s'installer en terrasse, face à la mer, je commande une bouteille, un magnum de Roederer. Je fais les présentations ? Madame Aline Dumas, ma filleule et scientifique de renom, Andreï Tovaritch, homme d'affaires, Gérard Gautier, directeur commercial chez le premier cité, Vincent Laffargue, commissaire de police. Et moi, André Dubosc, que tout le monde connaît de la pointe du Ferret au Pyla en passant par l'île aux oiseaux.

Vincent hésita, se gratta la gorge et essaya, l'air gêné.

— C'est pas pour critiquer et je ne voudrais pas choquer ou froisser madame la Musaraigne, mais je ne comprends pas. On t'a laissé ce matin à la ville d'hiver sapé façon traîne-lattes et là on te retrouve… comment dire, heu… t'es beau comme un camion tout neuf. Il te manque plus que les antibrouillards. T'as foutu un coup de pied dans l'armoire, t'as pété le livret A, tu tournes vieux beau, vous n'allez pas vous marier quand même ?

— On est heureux alors on s'amuse. Quand on est descendus de la ville d'hiver on faisait pitié, moi déguisé en clochard, et Aline qui avait été surprise chez elle par les jaunes en pantalon de survêtement usagé et veste polaire qu'elle utilise pour aller à la pêche à pied. Elle ne s'était pas changée depuis longtemps. On a eu envie de se débarrasser de nos oripeaux. On est passés à ma banque, j'ai retiré plein d'argent et voilà… « Il faut tourner la page, changer de paysage, le pied sur une berge… Il faut tourner la page, toucher l'autre rivage, littoral inconnu… nu. Et là, enlacer l'arbre, la colonne de marbre qui fuse dans le ciel, tel que tu quittes la terre vers un point solitaire constellé de pluriel. Il faut tourner la page… »

— Dédé, ça va ?

— « J'ai l'âme basanée d'un souffle de l'Afrique, le pygmée occitan a grimpé sur les cimes où neigent souplement des flocons de soleil… Est-ce l'Espagne en moi qui souffle un peu sa corne ou serait-ce dans mes tripes une bulle de jazz ? »

— Dédé ?

— Je me sens complètement Nougaro. T'appelles ça comment, Aline ?

— Le stress post-traumatique, la décompensation…

— « Le rire est dans le cœur, le mot dans le regard, le cœur est voyageur, l'avenir est au hasard[1]… » Tu vois que j'apprends bien les leçons de Mélissa.

— Vous êtes aussi barrés l'un que l'autre. Si vous voulez bien, on va avertir la mère d'Aline de la bonne nouvelle et on rentre tous au Ferret. J'ai comme l'impression que la bande à Velpeau va s'agrandir d'un membre éminent. Il ne manquait plus qu'une scientifique pour que ça ne ressemble définitivement plus à rien…

— Si vous voulez, mais Aline et moi vous nous déposez au petit port d'Arcachon. On traverse avec *Marie-Thérèse*. On vous rejoint à la jetée de Bélisaire au Ferret. On mettra pas plus de temps que vous par la route, à moins qu'on musarde ou qu'on mouille du fil, histoire d'agacer les grisets et les coustuts.

---

1. “Les Marquises”, Jacques Brel.

40

Un pèlerinage

Une heure plus tard, Dédé faisait chauffer le moteur de la vieille pinasse, contrôlait les pompes et les niveaux. Aline, revêtue d'un vieux maillot de bain décoloré par le soleil sorti d'un coffre par Dédé, prenait un temps infini pour s'installer confortablement sur le pont avec force coussins.

— La dernière fois, t'avais laissé un livre, tu veux que je te le passe ?

— La dernière fois ? C'était il y a dix ou quinze ans, parrain.

— Mais il est resté là, sur l'étagère au-dessus de ta couchette, avec tes barrettes et ta crème solaire. C'est *La longue route* de Bernard Moitessier, je l'ai lu. Y a aussi tes claquettes et ta serviette Mickey.

— Parrain ? T'as encore du chocolat Van Houten ?

— Bien sûr, avec une boîte de lait concentré. Ça fait des années que je les renouvelle quand ils sont périmés, au cas où tu viennes, mais jusqu'à maintenant, je le faisais pour rien.

— Tu peux m'en faire un bol ?

— Avec deux tartines au beurre et à la confiture de fraise, et après on y va, sinon on va être en retard.

Quelques minutes plus tard, ils rentraient les amarres et les rangeaient à leur place sans un mot. Aline débordait l'avant du bateau en repoussant le ponton du pied, Dédé enclenchait la marche avant et *Marie-Thérèse* s'éloignait paisiblement du quai.

— Tu devrais peut-être te couvrir, il y a du vent, tu risques prendre froid.

— Tu ne changes donc pas, toujours la même rengaine.

— Mais si t'attrapes mal, ta mère va encore dire que c'est de ma faute.

— Les mêmes mots, la même attitude, l'éternelle *Marie-Thérèse*, le temps n'a donc aucune prise sur toi ?

— Pourquoi veux-tu que ça change ? Certaines choses changent déjà trop par ici. Prépare les amarres et les pare-battages, la marée monte, le vent a tourné au suroît, on accoste sous le vent et le courant du ponton. Tu sautes à terre, tu passes l'amarre d'étrave en premier, l'arrière en suivant. S'il le faut, je réaligne *Marie-Thérèse* d'un pet de marche arrière, sur le pas d'hélice. Et mets tes gants.

— Bien, chef !

Maintenant, *Marie-Thérèse* dodelinait joyeusement contre le ponton à la faveur du clapot. Devant les coups de rappels des amarres mettant à rude épreuve les taquets d'amarrage en bois de la vénérable embarcation, Dédé gréa des « amortisseurs de mouillage », dispositifs techniques aussi sophistiqués que modernes constitués d'une vieille chambre à air de vélo reprenant les amarres. Mais le dispositif redoutablement efficace était moins rustique et plus étudié qu'il n'en avait l'air.

— Tu vois, la Musaraigne, j'utilise toujours que des chambres à air anciennes de couleur rouge, en bon caoutchouc français. Ce sont les plus élastiques. On n'en trouve plus depuis vingt ans mais j'ai un stock. Les chambres à air noires d'aujourd'hui fabriquées dans les pays de l'Est n'ont ni élasticité ni résistance, et elles se déchirent comme un vieux slibard. En plus, elles sont impossibles à réparer. Elles se vulcanisent mal, même avec de la bonne dissolution, une engeance ces chambres à air. Chaque fois que tu crèves faut en changer. Bientôt, à chaque crevaison, il faudra renvoyer le vélo à ma zone.

— Où ça ?

— À ma zone, la boîte américaine.

— Amazon ? Parrain, ça m'ennuie un peu de m'installer parmi vous aux 44 hectares. Je connais pas les femmes et je ne sais pas comment elles vont me recevoir, m'accepter parmi elles.

— T'inquiète… Elles vont s'emparer de toi, te phagocyter. Dans deux jours tu ne touches plus terre. Entre la cuisine, le piano, le jardin, la couture et le tricot, elles vont à la plage à pied, quand elles ne dévalisent pas les commerces de la rue Sainte-Catherine de Bordeaux. Sophie, la femme de Toto, gère l'intendance, surveille tout sans en avoir l'air. Mélissa, la compagne de Vincent, est douce, sensible, plutôt rêveuse et romantique. Elle passe le plus clair de son temps devant son piano. Régulièrement, elle se met en tête de nous faire chanter. Elle va définir ta tessiture et t'assigner un rôle, tu n'auras qu'à obéir.

— Et Tatiana ? Elle m'inquiète…

— Elle s'occupe de l'entretien physique de la tribu. Elle va te faire courir, t'enseigner la self-défense, le lancer de couteau, te montrer comment égorger quelqu'un sans faire de bruit, elle est adorable. Simone les a rejointes, mais elle rentre chez nous à La Teste demain. Tout va bien se passer.

41

Fausse alerte

Quelques heures plus tard, ils étaient paisiblement installés autour de la table basse du salon, tous plus calmes et tranquilles les uns que les autres. Ils semblaient n'avoir même pas envie de parler, de raconter leur dernière aventure en date. On les sentait sereins, méditatifs, presque absents. Seul Gégé s'aventura à commenter l'atmosphère.

— C'est quand même bien la tranquillité, la possibilité de se détendre, de ne plus s'inquiéter de rien. On va à la pêche cet après-midi ?

Le carillon de la porte d'entrée laissa échapper l'interminable et sirupeuse mélodie de « Big Ben »

Vincent regarda sa montre et décida d'une stratégie.

— Midi et demi, ça doit être le boulanger… Celui qui se dévoue pour aller lui ouvrir sera dispensé de tâches ménagères jusqu'à ce soir.

Dédé se sacrifia en riant.

— Et qui c'est qui va mettre le couvert ce soir ? C'est pas moi !

Il ouvrit avec désinvolture la porte d'entrée donnant sur le jardin, regarda en direction du portail, essaya de retenir un cri d'effroi et battit en retraite précipitamment, les yeux exorbités.

— Les Chinois ! Les Chinois, bordel ! Toto, passe-moi ton Skorpion, je vais les arroser sinon ils vont nous attaquer, nous envahir, se venger de ceux qui ont cramé dans leur voiture. Et ils vont nous enlever la Musaraigne, nous empaler sur du fer à béton rouillé, nous faire manger du clébard à la mayonnaise. File-moi ton arquebuse, je vais les sulfater, y aura plus qu'à les découper selon les pointillés avant de les empailler et de les renvoyer au pays des dragons de papier mâché !

Les trois amis se levèrent comme un seul homme. Tovaritch se dirigea vers sa chambre et Gégé vers la sienne. Vincent, inquiet, s'avança prudemment vers la porte d'entrée et regarda. La tête d'un Asiatique dépassait du haut du portail de bois.

— Dédé vient ici, espèce d'abruti !

— C'est quoi t'est-ce ?

— C'est le boulanger, imbécile heureux.

— Non, non ! C'est un Chinois qui s'est déguisé en mec normal pour essayer de nous niquer. Fais gaffe, Vincent, c'est des fourbes.

— Si tu t'inquiétais de ce qui se passe dans cette baraque, tu connaîtrais le boulanger. T'es lamentable. Allez, on passe à table. On déjeune léger et après on va à la plage de la Pointe à pied, ça nous fera du bien.

— Je crois que la Musaraigne ne va pas vous accompagner. Elle est fatiguée, elle va se reposer, faire une petite sieste, répondit Dédé, malgré le regard surpris d'Aline.

— On ne va pas la laisser seule, objecta Vincent.

— Non, non, je vais rester avec elle. Je suis pas très en forme aujourd'hui et j'ai des trucs à faire au jardin.

— Comme vous voulez…

Après le repas, les six amis semblant impatients d'aller à la plage, Dédé les incita à partir.

— Allez-y, profitez du soleil. Je m'occupe de ranger la vaisselle, ne traînez pas.

42

À l'anglaise

Mais aucun d'eux n'était du genre à passer une après-midi entière allongé sur une serviette de bain. Entre deux plongeons dans les rouleaux de l'océan, Gégé et Tatiana se couraient après pendant que Toto essayait d'apprendre à Sophie à jouer au Jokari et que Mélissa cherchait des coquillages intacts sur la laisse de haute mer. Vincent lança une proposition.

— Ça vous dirait d'aller jusqu'à la plage de l'Horizon à pied ? Six kilomètres aller-retour sur le sable dur, tout seuls entre le ciel et l'eau, sous le soleil exactement…

Ils rebroussèrent chemin en fin d'après midi, fourbus mais heureux et rejoignirent la maison au crépuscule, impatients de se désaltérer. Mais la maison était vide. Dédé et La Musaraigne avaient disparu. L'incompréhension céda vite la place à l'inquiétude et quelques minutes plus tard, Vincent remettait à regret ses habits de policier.

« Pas de traces de lutte, aucune trace de sang, mais la 4L est garée dans l'allée. Le sac d'Aline et le portefeuille de Dédé sont là, mais pas sa carte bleue… »

— Ils ont été se balader à pied pour se changer les idées, ils auraient pu nous laisser un mot tout de même. Mais ça m'étonnerait que Dédé laisse passer l'heure de l'apéro…

Les heures passaient mais Dédé et la Musaraigne ne réapparaissaient pas. Ils se résolurent à appeler Simone et la mère d'Aline au risque de les inquiéter inutilement, mais ils ne rencontrèrent que surprise et incompréhension. Au dîner à l'atmosphère triste et inquiète succéda une nuit entrecoupée de déambulations solitaires mais nombreuses dans la villa. Au petit matin, Vincent, n'y tenant plus, fit irruption dans la chambre d'Andreï Tovaritch et de Sophie.

— Toto, qu'est-ce qu'on fait ? On ose ? Oui, tu crois ? … Ça va pas nous retomber dessus ? S'il s'en sort vivant et s'il l'apprend, il va pas aimer…

— Tant pis, quand il faut, il faut. Avertis les gendarmes !

Ils furent accueillis plus que fraîchement par des gendarmes visiblement suspicieux.

« Après la disparition mystérieuse de madame Aline Dumas qui serait résolue sans que nous en ayons été avertis, si nous comprenons bien, il s'agirait d'une nouvelle disparition de cette personne mais cette fois-ci accompagnée de celle du nommé Dubosc ? Je tiens à vous avertir que s'il s'agit d'une plaisanterie de votre part, elle est de très mauvais goût, et vous risquez devoir en assumer les conséquences judiciaires. Je ne vous cache pas que cela fait bien longtemps que nous tenons cet individu pour un homme étrange dont nous avons dû déjà subir la duplicité sans borne. On vous attend au siège de la brigade pour audition. »

Vincent et Tovaritch prirent immédiatement la route.

— Si on faisait un crochet à la jetée de Bélisaire ? suggéra Toto.

— Pour quoi faire ?

— Té ! Voir si *Marie-Thérèse* a bougé… C'est la moindre des choses ! Vérifier, toujours tout vérifier, tu nous rebats assez les oreilles avec ce principe à la con de flic de sous-préfecture.

Tovaritch avait raison. *Marie-Thérèse* avait disparu.

— Autre principe de flic : toujours faire une enquête de voisinage sur une scène de crime. Y a souvent quelqu'un qui a vu quelque chose.

Ils se dirigèrent vers le restaurant de plage situé au pied de l'estacade. Trois serveurs désœuvrés regardaient mélancoliquement la mer.

— Oui, un homme d'un certain âge, accompagné d'une jolie femme. Ils ont embarqué dans la vieille pinasse et sont partis vers le sud, vers la sortie du Bassin. Drôle de couple, assez mal assorti…

— Ah, les salauds, les cachottiers, ils se sont barrés tout seuls et depuis hier, sans rien dire, comme s'ils étaient seuls au monde. Mais où sont-ils partis ? Au banc d'Arguin, à l'île aux Oiseaux ? Depuis quelque temps, il est interdit de passer la nuit au banc d'Arguin, ils ne peuvent donc être qu'à l'île aux Oiseaux. Quel est le coefficient de marée ? 98. Ils sont allés faire un coup de pêche à pied, sans nous, tu le crois ? Je connais

Dédé. À la pleine[1], Il a dû remonter l'estey[2] d'Afrique jusqu'à échouer *Marie-Thérèse*, il a béquillé[3] et ils ont passé la journée à ramasser des huîtres sauvages, des coques, des palourdes. Dédé a bien dû fouëner un ou deux poissons et quelques anguilles, peut-être même une sole ou un turbot, il a encore pris un coup de soleil et hier soir il a fait des spaghettis aux coques et ils se sont goinfrés d'huîtres. Dédé, il a toujours une caisse d'entre-deux-mers blanc à bord, au frais, à fond de la cale, avec quelques citrons et des boîtes de pâté Lou Gascoun. Ensuite, la nuit étant tombée et le ciel étant clair, ils se sont installés sur le pont de la pinasse, Dédé a allumé une cigarette roulée et il a longuement raconté les étoiles à la Musaraigne, il les a égrainées, une à une, comme les perles d'un chapelet céleste. Elle a bu une autre tasse de chocolat chaud, et puis le marchand de sable est passé, Aline a baillé plusieurs fois. Malgré la vieille couverture sur ses épaules, elle s'est mise à frissonner. Dédé a grogné quelque chose d'inintelligible. Une minute plus tard la Musaraigne dormait sur la couchette à l'avant de *Marie-Thérèse*. Dédé a éteint la lampe-tempête qui a lâché une méchante flatulence de pétrole comme toujours quand on l'éteint, puis il a rejoint la couchette-cercueil, à l'arrière du bateau. Rien ni personne n'aurait pu réveiller ces deux êtres

---

1. Haute mer.
2. Dans les Landes de Gascogne et l'Entre-deux-Mers, désigne la partie d'un cours d'eau soumis au régime des marées et se trouvant à sec à marée basse.
3. Béquiller un bateau consiste à l'équiper d'une béquille de chaque côté pour éviter qu'il ne se couche à l'échouage, n'endommage ses flancs et reste habitable.

qui venaient d'effleurer la sérénité, de s'abstraire de la pesanteur, tels des astronautes du bonheur atteignant leur vitesse de libération.

— Vincent ! Qu'est-ce qui t'arrive ? On dirait que tu y es.

— C'est comme si j'y étais. J'y suis par la pensée, je connais Dédé. Laissons-les communier. Lorsqu'ils reviendront, ils ne diront rien, ne s'excuseront pas. Ils auront simplement un sourire étrange aux lèvres et le regard lointain. On ne leur fera aucune remarque car on ne fait pas de reproches aux gens heureux... On va appeler tout de suite les gendarmes, leur dire que c'était une erreur, un malentendu. On va encore passer pour des couillons, mais...

— T'as raison, on a l'habitude. Rentrons à la maison. Je peux te poser une question importante ?

— Essaye toujours...

— Qu'est-ce qu'on mange à midi ?

Fin